Roman

L'OISEAU BLEU

ou

Lettres d'une passion éphémère

Gérard Malher

Il y a des instants magiques
Qui passent inaperçus, et puis
Tout à coup la main du destin

Change notre univers.

Paulo Coelho

Rien n'est plus drôle que le malheur,
C'est la chose la plus comique du monde...

Samuel Beckett

Hôpital de Dijon, fin mai

A l'aube d'une très belle journée, d'un mois de mai particulièrement chaud, Francis se réveilla, allongé dans un lit cage, au milieu d'une chambre triste aux murs vert clair. En face de son lit, deux chaises en bois et une petite table rectangulaire. A droite une fenêtre où apparaissait la lumière du soleil, et qui montrait aussi les ramures d'un arbre qui laissaient passer un morceau de ciel bleu. Il pensa : « enfin de la couleur après un brouillard dense et des voiles noirs »... Il flottait dans l'atmosphère, mais depuis combien de temps... L'apesanteur abolit le temps...

Un oiseau était perché sur une branche, il reconnut une pie, oiseau familier de son enfance, elles étaient nombreuses à nicher dans les hauteurs des peupliers qui bordaient l'étang et la rivière de son domaine le « Moulin d' Argent ». A ces pensées, il eut envie de sourire, mais à part ses yeux, son visage et ses membres étaient figés. Sa réaction immédiate fut de penser : « Pourquoi suis je ici, dans cet état ? » Puis jetant un regard circulaire, il vit des instruments en métal, des tubes, des fils électriques et des appareils qui clignotaient. Il comprit très vite qu'il était dans un hôpital. Mais où, pourquoi ? Il devait être tôt car il n'y avait aucun bruit... Il se sentit repartir dans un vide sidéral.

1

Souvent il voyait des voiles gris comme de grosses toiles d'araignées qui tournaient, s'éloignaient et revenaient. C'était oppressant... A d'autres moments il voyait des corps en blanc qui circulaient... Le blanc, symbole de la pureté, de la renaissance et de la sagesse, mais comme le noir, c'est aussi le monde des esprits... Un mal insidieux lui broyait le crâne et dès que ses souffrances devenaient intolérables, il retombait dans l'oubli et le néant. Il était dans un état second, avec des entendements réduits. Tout lui semblait abscons, il vivait acculé à sa détresse...

En début d'après-midi, il reprit conscience tout à coup, il voyait mal, mais quelqu'un était debout devant la fenêtre et lui cachait la lumière. Il reconnut un uniforme et vit des étoiles sur les manches de la veste, il se dit : « C'est mon père, que fait-il ici ? » Son chauffeur ne doit pas avoir arrêté le moteur de sa voiture. Je le connais, dans quelques minutes, il va repartir. Effectivement, deux minutes plus tard, la silhouette se déplaça en direction de la porte et disparut...

Francis se sentait mieux, il avait de nouveau la vue sur l'arbre auréolé de lumière. Puis une forme féminine apparut et il fut surpris car il voyait mieux. Il distingua une robe claire, jaune peut-être, un visage et des cheveux noirs. Il ne pouvait voir la couleur de ses yeux.

Il était sûr d'avoir déjà vu cette femme mais il n'arrivait pas à la reconnaître...
Il sourit et elle se tourna vers lui et s'approcha. Il vit qu'elle avait un livre à la main, mais son regard se détourna et elle repartit s'asseoir pour reprendre sa lecture. Francis pensa : « ce n'est pas Eva, elle est blonde et elle est loin, c'est peut-être Christine, elle est brune, ou Damilou... mais elle est si peu disponible »...

Il était comme assommé et son cerveau lui transmettait des messages de souffrance. Il faisait des rêves hallucinatoires, il lui semblait voler, planer ou tomber de haut... Il souffrait en silence comme enfermé dans un monde sans couleur, un

2

monde irréel comme plongé dans les limbes. Il avait des mouvements erratiques et la solitude sans douleur lui suffisait, il lui semblait voir de la détresse dans les yeux qui le regardaient mais il ne pouvait communiquer et sombrait dans l'inconscience... Dès qu'il refaisait surface, il apercevait le ballon d'oxygène qui l'aidait à respirer et voyait les appareils qui l'entouraient.

Il était immobile et essayait de ne pas trop penser. Pour ceux qui le soignaient, c'était sans doute un mort en sursis puisqu'il ne pouvait ni bouger ni parler. A leurs yeux,   il était complètement inconscient. Ils ignoraient qu'il percevait des bruits et des mots : ce sont les mystères du coma et ils sont nombreux...

Il fallut encore trois jours avant qu'il ne reprenne pleinement conscience. Il avait dans la bouche le goût de l'infini... Nous étions début juin, et déjà, dans la nuit, il avait bougé, remué dans tous les sens, et avait ouvert les yeux. Il pouvait enfin contempler le ciel étoilé...

Maintenant il faisait presque jour et il distinguait nettement tout ce qui l'entourait : des appareils reliés par des petits tuyaux à son crâne recouvert de bandages, il était perfusé de toutes parts... Il réussit à sourire et regarda autour de lui. En baissant les yeux, il s'aperçut qu'il avait de nombreuses marques sur les bras. Quelle maladie pouvait-il avoir contracté ? Il passa de stupeur en contentement.

Il examina rapidement la situation, sa tête le faisait souffrir mais il fit en sorte de l'oublier pour jouir du moment présent. Pendant une petite heure, il ferma les yeux pour se reposer. Il allait bientôt savoir où il était et surtout pourquoi il était là, dans cet état à journoyer, à ne rien faire de la journée.

Francis, par ses rêves, ses hallucinations et ses cauchemars s'était cru dans le monde de l'utopie de Restif de la Bretonne. Il n'avait jamais cru au paradis de « l'île Christine » et au « Mont Inaccessible », cités universelles du bonheur... Une douce harmonie où le mal n'existe pas et où la bonté, la pureté et la beauté s'épanouissent dans un monde clos situé au milieu des nuages, sur une terre de nulle part (l'Atlantide, peut-être), dont le mont principal s'appelle « Idéal » avec sa neige éternelle et son froid légendaire qui annihile toute vie... Pour arriver au sommet, il faut, au moins, être un oiseau ! Bien sûr Francis l'appellera « L'Oiseau Bleu ». Restif, au XVIIIème siècle avait de la prémonition. C'était un rêveur, qui, bien qu'il côtoyât le réel, vivait dans un monde imaginaire... La première République fut fondée sur un mont inaccessible où la statue du bonheur parfait serait bientôt édifiée...

Ah ! La rencontre des Christiniens avec les Patagons à une époque où l'on croyait que l'homme pouvait s'accoupler avec les animaux (le Roi de Prusse, Frédéric II y croyait !), les êtres hybrides font partie de la mythologie, et pour Restif, ces êtres avaient réellement existé... Ce prince de l'utopie avait conçu des êtres imaginaires par sublimation...

Toute la matinée il vit défiler de nombreuses infirmières et aides-soignantes au point d'en avoir le tournis ! Elles avaient toutes le sourire aux lèvres. Il pensa : « Elles font un métier difficile, elles côtoient la mort chaque jour et une petite victoire sur l'adversité les rend heureuses pour la journée ! Elles iront toutes au paradis (il devrait bien en exister un, ne serait-ce que pour elles !) »

Résurrection, début juin

Christine arriva en début d'après-midi, souriante. Elle était au courant dès son arrivée, et se précipita auprès de Francis :

- Tu nous as fait peur ! Nous avons été plusieurs jours sans savoir si tu allais survivre ! Tu avais une face de carême !

Il l'interrompit :
- Pourquoi, ils m'avaient mis près des chambres froides ?
- Ne plaisante pas, tu reviens de loin !
- Peux-tu m'expliquer ce qui m'est réellement arrivé ?

- Il y a une dizaine de jours, tu es parti de Lyon avec ta décapotable pour passer quelques jours au Moulin. Vers Arnay le Duc, une voiture t'a doublé et t'a serré sur la droite. Tu as perdu le contrôle du véhicule et tu as percuté le mur d'une propriété. Tu roulais, semble-t-il, à toute bringue, sur la Nationale 6.

Il y a un témoin : un paysan qui travaillait dans son champ. Il est incapable d'indiquer la marque et la couleur de la voiture du chauffard, qui bien sûr ne s'est pas arrêté. L'ambulance aussitôt appelée, t'a amené à l'hôpital, ici à Dijon.

Maxime pense que c'est un guet-apens... Je viens de l'appeler depuis la cabine de l'entrée, il sera là dès cet après-midi. Après l'accident, il a fait les déclarations nécessaires, il te donnera toutes les explications que tu souhaites.

Quant à moi, en accord avec lui, je suis à l'hôtel depuis le début de ton hospitalisation et c'est Valérie qui me remplace à la galerie du Faubourg-Saint-Honoré.

- Elle était disponible ?

- Oui, elle n'a pas d'emploi, en ce moment, ce sont des vacances pour elle !

- Je vais demander à Maxime de lui faire un contrat car je pense que je vais avoir besoin de toi encore quelque temps, vu mon état !

5

- Francis, je ne t'oblige pas, mais nous avons beaucoup de clients et je suis heureuse de m'occuper de toi. En plus cela fera plaisir à Valérie d'être employée à la galerie, elle en rêvait depuis longtemps.

Ecoute, je vais baisser les stores, boire un café et téléphoner à mes parents, pendant ce temps, repose-toi avant l'arrivée de Maxime.

Francis ferma les yeux, cette discussion l'avait épuisé, son mal de tête perdurait, pour combien de mois encore...

Il se réveilla vers 16 heures, Christine lisait dans son coin. Il remarqua, dans un vase, un bouquet de pivoines rouges, fleurs qu'il aimait particulièrement, sa mère les aimait tant aussi... Brave Christine, toujours pleine d'attentions et de messages voilés... Assez grande, brune aux yeux noirs, elle portait toujours une robe sage et un peu triste, mais de couleur tout de même.

Maxime n'étant pas arrivé, ils reprirent leur conversation. Tranquillement, calmement, Christine le mit au courant de la situation : son ami Marc et sa femme Maud étaient en contact permanent avec les médecins de l'hôpital, et son ami Pierre de Lyon s'était arrêté en revenant de Paris.

Francis s'étonna :
- Il a fait un détour pour rien ! Mais c'est plutôt sympathique de sa part.
- Une femme, Anne, je crois, téléphone souvent, Josiane, Claire, Marie aussi, et ton ami, le peintre Vladimir, est venu deux fois. Ton père est passé en coup de vent, il y a deux jours, il ne m'a même pas dit bonjour ! Je me suis vite éclipsée et suis revenue auprès de toi après son départ.
- Il venait constater mon état ! Comme je n'ai pas de descendance, si je meurs, il hérite de tout ! Il a dû repartir le sourire aux lèvres...
- Tu es dur avec ton père, ses sentiments sont peut-être intériorisés, mais tu es son fils, il t'aime à sa façon !

6

Francis, évasif répondit :
- Pas un coup de fil, pas une visite depuis les funérailles de Miren, cela va faire bientôt trois ans ...

Christine le coupa :
- Et toi, tu lui as téléphoné, écrit, es-tu allé le voir ? Vous êtes bien pareils tous les deux, quand vous voulez, vous êtes odieux !

Francis allait répondre et, comme souvent, ils allaient hausser le ton... Ils avaient été élevés ensemble (la mère de Christine avait été sa nourrice), et ils se comportaient comme frère et sœur...

Maxime venait d'entrer dans la chambre au bon moment, il avançait fier comme un échassier (il rappelait à Francis la marche d'un héron). Grand, mince, les cheveux dégarnis sur le devant. Comme toujours il portait un costume gris, seule sa cravate rouge et blanche égayait l'ensemble. Il avait un visage calme, un teint clair, des yeux sombres et il ne fumait jamais. Il ne restait jamais trop longtemps au soleil, toujours élégant et discret, il était parfait dans son rôle de Directeur Général. Ils avaient quitté l'armée en même temps, mécontents de certaines pratiques de l'époque. A la mort de la mère de Francis, celui qui la secondait avait donné sa démission, fatigué des voyages et de la charge de travail. Francis avait alors proposé le poste à Maxime, il aimait son pragmatisme...

Celui-ci avait tout d'abord été surpris d'avoir une telle responsabilité mais depuis, il était parfaitement à son aise et bien qu'il travailla souvent de neuf à dix heures par jour, pratiquement sept jours sur sept, il ne se plaignait jamais. Leur entente était parfaite : Francis prenait les décisions et Maxime les exécutaient à la lettre. De plus ils étaient fort bien secondés et entourés.

Maxime prit les deux mains de Francis dans les siennes, en plaisantant :
- Je me voyais déjà n°1 ! Je vais devoir encore attendre un peu !

Francis souriait, ravi de voir son ami.

Christine profita d'un silence pour s'interposer :
- Je vous laisse, je pars dîner au Moulin d'Argent, je verrai mon fils, mais je serais là demain après-midi, repose-toi bien ! dit-elle à Francis en l'embrassant et elle disparut dans une virevolte.

Après quelques banalités, des messages qu'il avait à lui transmettre, Maxime lui fit rapidement le point sur la situation : l'hôtel de Rivoli était toujours le plus rentable à l'année, celui de Lyon venait en seconde position quant à celui de Juan les Pins, il affichait complet jusqu'à fin septembre. En ce qui concernait les galeries d'art, Cannes arrivait en tête, pour la première fois, ensuite Paris et enfin Lyon. Par contre des deux pianos-bars, celui de Lyon était toujours bondé, celui de Juan était plus récent, mais tout restait à espérer. Aucune critique à émettre pour l'instant. Maxime attendait une réponse pour l'achat d'un emplacement rue de Rivoli, afin d'en créer un troisième...

Francis le remercia, un silence s'installât... Au bout de quelques minutes Maxime demanda :
- Veux-tu te reposer, je reviendrai demain ?

Francis se tourna légèrement en plissant des yeux :
- Oui, mais ne viens pas tous les jours, tu as assez à faire. Viens deux fois par semaine, nous ferons le lien avec Christine. Mais avant que tu ne partes, donne-moi quelques indications sur les raisons de mon accident.

Maxime prit du temps avant de répondre :
- Le contrat de Monsieur Jo est en cours d'exécution, j'ai dîné chez la mère Vittet avec le commissaire Borland, il m'a paru franc et direct, il connaît bien le SAC et beaucoup de policiers à Lyon en font partie. Monsieur Jo en est un membre important, on lui confie les missions périlleuses en France comme à l'étranger.

En Afrique, il est couvert Indirectement par le pouvoir actuel : il a déjà, à son actif, vingt-trois non-lieux ! Monsieur D..., financier du pouvoir en place avait été déporté à Buchenwald, Jo l'y a aidé à survivre, de sorte que depuis il paie ses avocats et est de plus sa caution morale. Il est intouchable, du moins pour l'instant, il ne peut reculer, le contrat sera honoré...

Celui qui peut te sauver, c'est ton père, il pourrait intervenir auprès du ministre de l'Intérieur, mais si tu t'y refuses, il faut partir vite et loin, comme nous l'avions envisagé avant ton « accident »...

Après le départ de Maxime, Francis réfléchit : « Partir ! Où ? Aux Etats Unis, en Europe, en Afrique ? Mais je ne verrai plus Anne ! Il chassa au plus vite cette idée de sa pensée, c'était inconcevable... Il faut trouver une autre solution, en attendant il faut tempérer. »

Première lettre d'Anne, début juin

Le lendemain après-midi, comme prévu, Christine arriva, joyeuse :

- Mes parents viennent te voir après-demain. Ils espèrent que tu pourras venir bientôt te reposer au Moulin. Tu seras comme un coq en pâte ! Mon père te fait dire qu'il peut armer plusieurs fusils ? Au cas où ! Tu sais que c'est un bon chasseur, il dispose, m'a-t-il dit, d'une bonne réserve de chevrotines ...

Francis sourit....

Et les souvenirs affluaient : il avait eu deux mères et deux pères mais cela ne l'avait pas rendu plus heureux, mais plus solitaire encore et plus amer. On ne peut être aimé par procuration...

Christine continuait :

- La famille Letellier et le petit Eric t'embrassent. Quand ce dernier a su que tu étais sauvé, il a briqué toutes les voitures de ta collection : la Buick, la Cadillac, la Mercédès, la 403 et même la jeep de Bob ! Tout est nickel, tout brille !

Francis lui demanda des nouvelles de son fils, elle répondit succinctement :

- Bien ! bien ! Il grandit bien vite !

Et pour changer rapidement de conversation, elle lui dit :

- Tu as reçu plusieurs lettres, dont une postée quelques jours avant l'accident. Maxime m'a demandé de te les remettre, laquelle veux-tu lire en priorité ?

- Dans l'ordre, s'il te plaît, mais je ne me sens pas la force de le faire, veux-tu me la lire ?

- Francis, c'est personnel ! À l'enveloppe, à l'écriture, je vois bien que c'est une femme, c'est gênant, et pour toi et pour moi !
- Fais-moi plaisir, ne fais pas de commentaire, garde tes impressions et surtout lis assez lentement afin que je puisse comprendre et mémoriser.

Christine accepta finalement, et commença la lecture de la première lettre :

Francis,

Ta lettre, reçue aujourd'hui lundi, confirme, qu'en effet tu n'étais pas dans ton état normal mercredi puisque tu sembles ne pas te souvenir des propos que tu nous as tenus, tu écris, je cite : « jamais de toutes les femmes que j'ai côtoyées, mes amies et celles que j'ai aimées, on ne m'a dit ce que tu viens de m'écrire »...

Je peux te dire exactement la même chose et Chantal a été sidérée d'être traitée de la sorte, et Dieu sait si tu as eu des amies !

À plusieurs reprises tu nous as demandé de nous taire d'une voix forte, rauque, dédaigneuse, voire condescendante ! Tu as même dit à Chantal qu'elle n'avait « rien dans le ventre ! ». Elle t'a répondu que tu te trompais, qu'elle ne ressemblait à aucune autre et qu'elle valait la peine d'être considérée autrement...

Christine s'arrêta de lire pour lui dire :
- C'est décidemment trop personnel ! Tu la finiras toi-même plus tard !
- Non, dit Francis, continue s'il te plaît !

Christine continua pour lui faire plaisir :

Au bar, tu as commencé à dire n'importe quoi ! Tout le monde te regardait de travers, il était évident que tu allais

11

trop loin ! Tu as jeté un paquet de cigarettes vide sur ma robe, me prenais-tu pour une poubelle ? Tu prétends m'aimer !

Je vais à Lyon, heureuse, émue d'avoir trouvé ta lettre, tu ne m'as pas fait danser une seule fois, pourtant le pianiste jouait des slows pour nous faire plaisir et tu n'en as eu cure !

Au dîner, chez la mère Biole, tu ne cessais de regarder mon amie Chantal ! Je me sentais si seule... De retour au bar, tu as longuement discuté avec un garçon. Je ne valais pas que tu me sacrifies ce moment, moi, soi-disant ton amie !

Quand Chantal a proposé de partir, tu as dit, d'un seul coup : « Bon, très bien je vous amène la voiture » ; tu ne semblais pas étonné que nous voulions partir si vite... Tu n'as d'ailleurs rien fait pour nous retenir. J'attendais, je guettais de toi, un regard, un mot gentil, un baiser... C'est moi qui venais à toi ! Je te croyais différent des autres, c'est pourquoi je me refuse à penser que tu aies pu être dans ton état normal, parce que je t'aime...

Trois semaines avant, nous avions passé trois merveilleuses journées au Moulin d'Argent, tu avais été un amant attentionné, un compagnon agréable du matin au soir. Tu m'as fait visiter Noyers, Vézelay, la Pierre qui Vire, Pierre-Perthuis... C'était grandiose...

Et puis, comme un passe muraille, j'ai découvert un autre Francis, inconnu, un sosie... J'avais étrenné pour toi une nouvelle robe, je sais que tu aimes les robes, je te cite : « Pour passer les mains dessous... » . Un quart d'heure avant le départ, je finissais les retouches et t'ai dit : « Je l'ai faite pour toi ! » Souviens-toi de ce que tu m'as répondu : « Hypocrite ! ». Alors là tu m'as fait mal, tu ne peux savoir à quel point ! J'ai été extrêmement déçue ... Je me suis dit que tout un monde nous séparait ... J'en suis même arrivée à me demander ce que je faisais là ! Pourquoi j'étais avec toi ! Il me tardait de partir...

A mon dernier coup de fil, je t'ai demandé si l'on se voyait cette semaine et tu m'as sèchement répondu « non ! » La semaine suivante ? Toujours « non ! » Alors quand ? Réponse *toujours aussi succincte : « Je ne sais pas »... Que devais-je penser en te disant au -revoir, aurais-je dû te dire adieu !*

Tu avais déjà raccroché, tes affaires t'attendaient, sans doute...

Je me souviens de ce que tu m'as dit la première fois que nous nous sommes rencontrés : « les femmes ne m'aiment que pour ce que je représente... Mais pas pour moi, Seigneur, pas pour moi »...

J'ai répondu :
- Pourquoi as-tu peur de ne pas être aimé pour toi même ? Ce n'est pas possible ! Qui donne, reçois ! On n'est jamais malheureux quand on donne. Que veux-tu de moi ? Je voudrais une explication : aimes-tu faire souffrir, cela te fait-il plaisir ? Voudrais-tu me faire mal et me faire ramper ? Il y a des mâles qui adorent cela ! Je ne peux croire que tu sois l'un d'eux. Je t'ai toujours considéré comme étant si différent des hommes que j'ai pu rencontrer. Je me suis dit que, peut-être tu ne donnais pas assez de toi-même, tu as du mal, sans doute. Comment toi, si fort en affaires, aurais-tu des difficultés de communication avec les autres !
Francis, le Francis que j'ai connu et que j'aime est toujours là, c'est sûr, il faut que je le retrouve...
N'oublie pas que la valeur d'un homme se mesure au respect qu'il a de la femme !...

En visitant la basilique de Vézelay, tu m'as beaucoup parlé de Marie-Madeleine, à laquelle l'église est dédiée. Mais je ne suis pas Marie-Madeleine ! Symbole de repentance pour l'église... Ne compte pas sur moi pour me prosterner et t'essuyer les pieds avec ma chevelure comme elle l'a fait pour le Christ, comprenant tout à coup la fragilité de l'existence humaine et l'importance d'un geste dicté par l'amour, un amour, qui celui-là est éternel... Nous avons tous à vivre notre chemin de croix, tu avais une règle de vie et je viens, au milieu de cette ascèse, tout chambouler. Mais je ne peux te partager, tu es le Francis que j'aime et que j'aimerai toujours... Je n'ai qu'une folle envie, celle de me jeter contre ton épaule. Si tu étais là, je te serrerai si fort, je fermerai les yeux et m'imaginerai que tu m'aimes infiniment.

Damilou

Nota : tout ce qui n'est pas donné est perdu... (C'est hindou, je crois).

Francis avait écouté, surpris, contrarié, ce n'était pas ce à quoi il s'attendait... Christine était mal à l'aise, elle connaissait bien le caractère de Francis, de temps en temps il pouvait être adorable et à d'autres moments, exécrable, une contrariété pouvait le rendre odieux... Heureusement cela ne durait pas et il savait se faire pardonner, de plus il n'était pas rancunier... Pourquoi avait-il eu ce comportement ce soir-là, ce ton acerbe ? Pourquoi avoir créé cette ambiance délétère ? Il ne disait rien, il avait fermé les yeux et repensait à cette soirée qu'il avait gâchée en étant arrogant.

Retour sur le passé, mi-mai

Cet après-midi-là, il avait reçu un coup de fil déroutant, il lui semblait connaître la voix, mais son interlocuteur ne s'était pas nommé, il avait simplement dit :

-    Monsieur Francis, venez me voir au Cintra, j'ai une information des plus importantes à vous communiquer, je serai au bar, vous me reconnaîtrez.

Francis fut étonné car la conversation prit fin sans qu'il ait pu s'exprimer ou s'informer... Monsieur Francis ! Tout le monde l'appelait ainsi, c'était donc un familier. En arrivant au bar, il comprit et reconnut André, un être singulier, qui présentait un spectacle de cabaret où se produisait, comme chanteuse, Eva, une de ses amies depuis quelques mois. Ils se serrèrent la main et Francis questionna :

- C'est curieux de vous voir ici ! Que se passe-t-il ?

André se leva de son tabouret et lui dit en baissant la voix :

-    Ne restons pas ici, allons jusqu'à ma voiture, j'ai à vous parler, sans témoin, éloignons-nous de Lyon, allons à la campagne.

Ils se dirigèrent vers la DS, André démarra et prit la direction du sud. Francis était inquiet, ce rendez-vous insolite était incompréhensible... Au bout de quelques minutes, André annonça, d'un air grave :

-    Monsieur Francis, vous avez toujours été correct et généreux avec moi et le personnel du Lido, j'ai beaucoup d'estime pour vous, c'est pourquoi il me fallait vous voir d'urgence ! Mon employeur, que vous connaissez, Monsieur Jo, a mis un « contrat » sur vous, il veut votre peau !

Francis était abasourdi ! Il demanda aussitôt :

15

- Un contrat, mais pour quelle raison ?

André reprit :
- Hier soir, j'ai surpris une conversation entre deux de ses affidés et Madame Paule qui dirige le cabaret : Monsieur Jo téléphonait du Maroc, et Madame Paule lui a décrit les relations que vous avez avec Eva. Elle en avait eu vent et confirmation par un employé de chez vous, je crois que c'est le barman de votre hôtel.

Ils arrivaient à Ternay, André gara son véhicule sur une petite place et ils entrèrent dans un bar, après avoir commandé, il poursuivit :
- Madame Paule avait donné l'écouteur à Charles, celui-ci expliquait à son collègue ce que souhaitait le patron et au fur et à mesure du déroulement de la conversation, j'ai entendu : Il veut qu'on descende le patron de L'Oiseau Bleu.

Madame Paule dit à Jo, en réplique à cette sentence :
- Attention ! D'après notre informateur, son père est général et gaulliste, donc proche du pouvoir en place ! Charles transmit à son coéquipier la réponse de Monsieur Jo :
- Il faut qu'il ait un accident, et vite ! C'est un ordre ! Ensuite ils quittèrent le bar pour entrer dans le bureau de la tenancière, je n'en sais pas plus ...

Francis s'étonna, cette nouvelle dépassait son entendement !
- Pourquoi me vouloir tant de mal ! Eva est une amie, cela ne prête pas à conséquence !

André répondit d'un air las :
- Vous ne connaissez pas ce milieu, vous venez d'un autre monde, Jo faisait partie de la bande à « Pierrot le fou » ! Le gang des tractions avant... Maintenant il fait partie du SAC, il s'occupe des basses œuvres... Il a des relations haut placées, il en est à son vingt-deux ou vingt-troisième non-lieu ! Eva est sa chose, elle aurait dû vous prévenir, vous dire qu'elle lui doit tout et s'il est à Lyon, elle doit être à sa disposition jour et nuit.

Elle est en ce moment à Genève pour quinze jours, ensuite elle ira à Paris, à La Rochelle ou en Afrique où Jo possède des établissements. Le tromper avec un concurrent, c'est un crime de lèse-majesté ! Elle va le payer très cher...

Il faut la prévenir, moi j'ai pris le risque aujourd'hui, mais si je lui parle, je signe mon arrêt de mort, autant me suicider tout de suite ! Quant à elle, Monsieur Jo ne va pas lui faire de cadeau (c'était une litote...).

Francis était abattu, pensif et surtout perplexe...
- Concurrent, concurrent ! Je ne tiens pas un cabaret, mais un piano bar ! Ça n'a rien à voir !

André n'était pas du même avis :
- Mais chaque soir votre bar est plein de monde! Les stars qui passent à Lyon viennent toutes chez vous après leur spectacle ! Le champagne coule à flots, tout le monde le sait, on en parle, et ça rend Jo furieux... Il faut bien qu'il justifie ses rentrées d'argent en liquide et à part un casino, il y a le cabaret et le bar, il ne va tout de même pas faire les marchés !

Francis en était à son troisième demi, il demanda :
- André, que me conseillez- vous ?
- Partez loin, à l'étranger de préférence, pour quelques années, essayez de vous faire oublier, vous risquez gros, il a donné un ordre, il ne peut plus reculer sinon il perdrait la face... Dans quinze jours, trois semaines il sera là, méfiez-vous, il est extrêmement dangereux et ses sbires sont aux ordres. Un acompte a dû être versé. J'ai réfléchi toute la matinée avant de vous appeler. Bien entendu, nous ne nous reverrons plus, ne revenez plus au Lido.

Francis, gêné, lui demanda :
- En me prévenant, vous avez pris un énorme risque, comment puis-je vous en remercier, je voudrais vous dédommager, combien voulez-vous ?

André rétorqua, quelque peu vexé :

- Rien ! Je ne veux rien ! Ah, si ! Prévenez Eva, cela m'importe, mais attention, soyez diplomate, ne dites pas la vérité, trouvez un prétexte quelconque afin qu'elle se méfie et se cache le plus rapidement possible, sinon il va l'expédier dans une maison close, en Afrique, pour les indigènes... Il faut lui faire peur.

Ils se quittèrent après une longue poignée de mains et Francis lui donna un numéro de téléphone à Lyon, au cas où il aurait une information supplémentaire à lui faire savoir : « une personne sera prévenue, ne vous nommez pas »... André mémorisa les six chiffres et déchira la carte.

Francis rentra en taxi, arrivé à l'hôtel, il s'enferma dans le bureau de Maxime, son Directeur Général. Max, pour les intimes, était l'homme-orchestre : les directeurs lui rendaient des comptes chaque semaine, il faisait la liaison avec l'expert-comptable, l'avocat, le notaire ainsi qu'avec les banques. C'était l'indispensable bras droit, son fondé de pouvoir.

Maxime était un bourreau de travail. Célibataire à vingt-neuf ans, on ne lui connaissait pas de liaison. Max s'amusait de la façon de vivre de Francis, qui avait toujours deux ou trois femmes dans son environnement, mariées pour la plupart. « C'est plus simple, elles sont moins disponibles, c'est une question de calendrier » disait-il.

Francis expliquait la situation à Max, ce dernier lui conseilla :
- Pars te détendre, soit au Moulin d'Argent, soit à Juan les Pins mais surtout pas à Paris et fais attention où tu mets les pieds ! Si tu es suivi, je doute que tu prennes une balle mais tu peux prendre des coups ou te faire écraser par un soi-disant « chauffard » sur un passage clouté ou contre un mur, ne prends aucun risque.
Nous allons étudier ton départ afin qu'il se fasse le plus rapidement possible. Que penses-tu des Etats Unis, ta mère avait une amie qui dirige plusieurs galeries de tableaux, elle habite Boston, elle t'aimait beaucoup, t'en souviens-tu, dois-je l'appeler ?

- Mais je vais déprimer là-bas ! C'est d'une tristesse ! Mes ami(e)s sont ici, en France, pourquoi pas l'Italie ou la Suisse ?

-   C'est trop près, ils te retrouveront, éloigne toi, nous en reparlerons. En ce qui concerne le barman de l'hôtel, je pense qu'il ne faut pas l'évincer, bien au contraire, il peut nous être très utile, on peut lui faire passer de fausses nouvelles, je bois souvent un café, le matin, au bar avec Jean-Jacques et Geneviève ou Odile. Je peux placer, dans la conversation, de façon plutôt évasive : « Francis est à Bruxelles (ou à Florence) où il prend du bon temps, il m'appelle régulièrement mais il bouge tellement que je ne sais même pas exactement où il est ! » Il fera passer le mot et Ils seront furieux de ne pouvoir te situer exactement.

Quant à nous, pendant ce temps, nous aviserons. Je vais demander à Manu de venir mettre en place un système d'enregistrement sur cassettes de toutes les communications émises ou reçues au bar, il faut faire vite, cela pourra nous être très utile ...

Francis, songeur, approuva : à partir de ce jour, il allait devoir vivre différemment, il annonça :

- Faisons le point, prenons les décisions qui s'imposent avant de préparer mon départ. Il faut aussi prévenir quelques amis dont je connais la discrétion.

Eva, Anne, Christine, mi-mai

Dans les jours qui suivirent, Francis passa son temps entre son appartement, situé au dernier étage de l'hôtel, et la galerie d'art située en face de l'Oiseau Bleu, toujours accompagné du garde du corps que Max avait embauché. Tout semblait calme, Damilou était venue plusieurs fois l'après-midi, ils avaient fait l'amour en buvant du champagne dans son appartement et dans la serre de sa terrasse qui dominait le Rhône.

Un jour, elle était partie tôt, son mari rentrait d'Allemagne dans la soirée. Francis ne lui avait rien dit, pour ne pas l'effrayer, pour ne pas la perdre... La dernière fois, elle lui avait consacré la journée, ils n'avaient pas quitté l'appartement et avaient parlé peinture.

Elle était à peine partie que le barman de L'Oiseau Bleu lui téléphonait de la part de Max :
- Monsieur Francis, votre amie Eva vous attend au bar, c'est urgent.
- Dites-lui de monter à mon appartement, qu'elle prenne l'ascenseur du parking, merci.

Eva arriva, les traits tirés, elle semblait nerveuse et angoissée. Elle alluma une cigarette et il vit qu'elle tremblait... Elle se laissa choir sur un fauteuil du salon tout en expliquant :
- Francis, j'ai peur ! Madame Paule m'a demandé de rentrer à Lyon. Hier soir à Genève, un client m'a offert une coupe de champagne. Il venait soi-disant de la part d'un ami qu'il n'a pas voulu nommer, et m'a dit que Jo était au courant de notre relation et qu'il allait m'envoyer à Abidjan, non pas pour chanter, mais pour faire des passes dans un bordel pour indigènes ... C'est épouvantable ! Il faut que je parte, très loin, peux-tu m'aider ?

Francis, fit semblant de s'étonner, alors qu'il était, avec Max à l'origine de l'intervention de cet inconnu. Il essaya de la rassurer autant que faire se peut :

- Bien sûr, je vais t'aider, pourquoi ne m'as-tu rien dit. Jo va vouloir aussi se venger de moi ! En as-tu entendu parler ?

Elle était brisée et répondit gênée :

- Oui, il veut que tu aies un « accident », je n'en sais pas plus, mais il faut me pardonner ... Je pensais que notre liaison ne durerait pas, tu es toujours très entouré de femmes. Je pensais que c'était une passade et qu'il n'en saurait jamais rien ! Fais attention Francis, fais très attention !

En ce moment il est au Maroc, chez son ami Boucheseiche, pour le SAC. Je sais qu'il est sur un gros coup dont je ne connais que le code : BX2 (l'affaire Ben Barka)... En ce moment, il ne craint rien personnellement, il va donc déléguer, prendre des tueurs à gages, il a, dans son équipe, des africains, des chinois, des arabes ainsi que des français... Viens avec moi, partons ensemble !

Le soir même, le garde du corps de Francis emmena Eva à la gare des Brotteaux prendre un train pour Paris. Max avait réuni cinquante mille francs en liquide et Francis lui avait préparé deux des tableaux de sa collection : un Derain et un Modigliani, avec un mot pour Mary, l'américaine. Eva allait partir pour Boston.

Francis l'avait prévenue :

- Jo te fera rechercher, sèmera le trouble de Paris à Londres ; achète de nombreuses cartes postales de différentes villes. Ensuite arrivée à Boston, écris régulièrement, et tu les envoies à Walter, dont voici l'adresse, qui les postera d'Angleterre. Par contre n'abuse pas, deux à trois cartes par mois pas plus. Fais croire qu'un anglais, rencontré à Genève, est tombé fou amoureux de toi et que tu l'as suivi, sans réfléchir, qu'il te couvre de cadeaux... Enfin tu verras et tu sauras quoi dire... Ne donne ton adresse à Boston à personne, surtout pas à tes parents ! Tout se passera bien.

Francis décida de partir la semaine suivante dans le Morvan, il prendrait la Peugeot 404, décapotable. Il avait un amour démesuré pour la nature, il imaginait déjà les fleurs, il les sentait presque, il y trouverait des champignons, peut-être... C'était la fin des morilles mais il savait qu'il pourrait encore en trouver et surtout apercevoir, sur l'île, des oies et des colverts dont c'était la période de migration et qui ne manquaient pas de faire halte au domaine. Christine avait compris que Francis, en fermant les yeux avait envie de se replonger en arrière.

La lettre de Damilou l'avait remué et posait beaucoup de questions qui avaient peut-être un rapport avec son accident... Dès qu'il émergea, Christine sut qu'il allait parler et se surprit à dire, gentiment :
- Qui est cette Damilou ? D'où vient ce nom ?

Francis mit du temps avant de répondre, il avait l'impression d'être au confessionnal, cependant, il avait une confiance pleine et entière en Christine. Curieusement, avant de parler, il se mit à penser que très jeune, il lui avait fait des avances. Il avait pris la claque de sa vie quand il s'était permis de mettre la main sous sa jupe pendant qu'elle montait un escalier devant lui... Il avait encaissé, sans rien dire et le soir, en rentrant, elle l'avait embrassé sur le front, comme le faisait sa mère et lui avait dit :

- Francis, je suis comme toi, moi aussi j'aime les filles. Laisse-moi tranquille, nous sommes trop proches, ne gâchons rien ... Ils étaient restés très amis mais un jour ils avaient couchés ensemble ; c'était il y a bien des années, alors qu'il était en permission à Paris. Pendant une période d'une quinzaine de jours, il avait profité de sa tristesse et de son sentiment d'abandon (elle venait de perdre, quelques mois auparavant, son amie dans un accident d'avion), à la fin, elle lui avait dit :
- Francis, cela ne devra jamais recommencer. Restons amis, nous ne pouvons être que cela...

Elle était responsable de la galerie d'art du Faubourg-Saint-Honoré et des expositions « à demeure » que sa mère avait inaugurées au début des années cinquante. Christine Bresson était la fille de Béatrice et Robert Bresson. Ce dernier avait succédé à son père comme Intendant du domaine du Moulin d'Argent, situé près de Vézelay.

Souvenirs, le Moulin d'Argent

Le grand-père de Francis Delugny, avait acquis tout un hameau laissé à l'abandon, qu'il avait pendant de nombreuses années, reconstruit petit à petit. Une immense grille à deux battants auxquels étaient accolés des pins, isolait totalement la propriété, une allée arborée traversait une immense pelouse, bordée de bois et de fleurs, limitée par les parkings réservés aux invités. Le domaine comprenait une maison de maître, occupée maintenant par les Bresson, cinq maisonnettes réservées à certains invités et au personnel : Yves Letellier, sa femme et leurs jumelles occupaient la plus isolée, près du verger et du potager dont il assumait la charge, Emilie Letellier devait être disponible en permanence pour l'entretien ménager.

La mère de Francis, Miren, avait, dans les années cinquante, fait venir de Paris son architecte et son décorateur attitrés pour faire du Moulin un hôtel particulier. Au bas de la bâtisse se trouvaient les cuisines, une cave contenant des milliers de bouteilles conservées religieusement, et un cellier réservé au stockage des marchandises (produits de consommation courante et produits d'entretien) avec, bien sûr, les installations pour le chauffage, la ventilation et la distribution de l'eau.

Au rez-de-chaussée, on entrait dans un petit salon réservé aux personnes qui voulaient se réunir pour discuter tranquillement. Miren l'appelait « le fumoir », d'un air dédaigneux. Ensuite une grande pièce partagée en petits coins discrets permettait des réunions intimes. La décoration avait été, évidemment, supervisée par Miren et, bien entendu, on y trouvait de magnifiques peintures, des bronzes, des sculptures et partout, dans chaque pièce, des tentures mordorées et sur les parquets des tapis d'Asie et d'Orient. On pouvait y admirer des vitraux de Marc Hénard, des meubles et des objets rares des XVIIème et

24

XVIIIème siècles, de l'argenterie, de la vaisselle en faïence et en porcelaine de Sèvres, c'était de l'anticomanie !

Le père de Miren répétait souvent : « Il faut acheter tableaux, meubles et bronzes, ce sont des œuvres d'art non soumises à l'impôt, subtilité de la fiscalité européenne »...

Enfin, on arrivait dans la salle à manger où la roue du Moulin renvoyait en permanence les reflets de l'eau et de la lumière, dans un calme oppressant car l'architecte l'avait totalement isolée par des parois de verre épais, c'était le silence du mouvement perpétuel... De chaque côté de la grande table, des Bonnard, Vlaminck et autres impressionnistes. Elle visait l'universalité avec une vierge d'un primitif italien, inconnu à l'époque. Elle la contemplait souvent, longuement... Elle semblait comme envoûtée... Elle passait en revue ses statuettes chinées de-ci, de-là, souvent sur un coup de cœur, au hasard, sans calcul. Dans sa contemplation, elle ressentait de plus en plus des inquiétudes métaphysiques.

Souvent, elle rejoignait la chapelle où son fauteuil l'attendait. C'est là qu'elle reposerait : le grand-père avait fait préparer des réceptacles en bronze pouvant accueillir toutes les sépultures des membres de la famille pour plusieurs générations, les vitraux laissaient passer une luminosité agréable. Cette chapelle faisait partie d'un prieuré habité par des moines et des frères convers.

Les Huguenots et la Révolution eurent raison du bel édifice, il n'en resta que quelques vestiges, le dortoir des moines servait maintenant de garage mais une partie de la chapelle conservait ses couleurs d'origine. Le domaine aurait pu s'appeler « le prieuré » mais le grand-père lui avait préféré « le Moulin d'Argent ».

Miren aimait regarder ces peintures et avait dit un jour à Francis : « Depuis que s'est effacée la polychromie des peintures romaines, la couleur n'a plus rien montré que des supports abstraits et vides. Il faudrait réinterpréter l'univers mental des impressions et des idées »...

Le dernier étage était réservé à l'hôtellerie proprement dite, quatre suites étaient allouées aux hôtes de marque, avec chambres disposant de deux lits, un bureau spacieux, un petit salon et toutes les commodités. Ces quatre suites avaient vue sur l'étang, l'île, la rivière et les bois qui les surplombaient. C'était reposant, mais le calme devenait oppressant pour certains, dormir dans un silence absolu est parfois difficile...

Au fond du couloir, deux suites communicantes étaient réservées aux parents de Francis, celle de Roland donnait sur le parc et celle de Miren, sur l'étang et sa petite île. De l'autre côté, les chambres étaient réservées aux invités. Dans chacune d'elle, Béatrice avait pour consigne de disposer et de renouveler chaque jour un bouquet de fleurs des champs à la belle période, sinon des roses ou des pivoines, une coupe de fruits de saison, une bouteille fraîche de Chablis grand cru, un Irancy Palotte rouge et une bouteille d'eau minérale. Pour les plus intimes était rajouté un alcool : Whisky, Bourbon, Marc de Bourgogne...

Le personnel de passage et les chauffeurs étaient logés dans deux maisons situées à l'entrée du hameau avant le pont, au lieu-dit Toupinet. Pour le service, les Bresson avaient coutume d'employer, en extra, des personnes des villages environnants. Miren était généreuse, elle respectait les villageois et les invitait chaque année à une grande kermesse où un immense buffet était dressé, servi à volonté. Elle n'oubliait pas les étrennes en fin d'année.

Christine respecta le silence de Francis qui, plongé dans ses pensées, finit par parler, lentement, une douleur sournoise le tenaillait :
- Damilou est mon amie depuis près de trois mois, comme elle s'appelle Anne Loutherbourg, tout le monde l'appelle Lou, j'ai commencé par dire Dame Lou puis mon amie Lou et enfin un jour, j'ai dit Damilou. Elle a trouvé cela charmant et ce nom est devenu un trait d'union entre nous, nous seuls, car nous ne

faisons plus qu'un, maintenant qu'Eva est partie. Il me tarde toujours de la revoir et les autres femmes m'indiffèrent, c'est idiot, non ?

Tu vois, quand on aime passionnément, profondément, il semble que même notre âme soit touchée. On peut aimer de façon légère, ce que j'ai connu pendant des années.

Charles Aznavour a très bien chanté Apollinaire :
« J'ai souffert de l'amour à 20 et 30 ans, j'ai vécu comme un fou et j'ai perdu mon temps »...

Francis poursuivit :
- Maintenant, vu mon état, va-t-elle encore m'aimer? Avant, je ne savais pas aimer, elle m'a beaucoup appris... Dès qu'elle me quitte, je me languis qu'elle revienne et pourtant elle est mariée, a deux filles, je peux difficilement l'appeler, elle a du mal à se libérer. Je vois un avenir sombre, notre ciel est gris, je suis triste en permanence. Elle arrive et je suis guéri. L'espérance, l'attente, le bonheur d'aimer ne sont pas des sentiments propres aux femmes ! Ce sont des moments qui passent et qui, quelquefois, perdurent, mourir sans cesse c'est aimer tout simplement ...

Elle était troublée, jamais il n'avait parlé à ce point de ses sentiments. Elle essaya de détendre l'atmosphère :
- Francis, tu es amoureux, cela passera, lui dit-elle avant de l'embrasser et de quitter la chambre.

Il est des êtres dont c'est le destin de se croiser,
Où qu'ils soient, où qu'ils aillent,
Un jour ils se rencontrent

Claudie Gallay

Rencontre avec Anne, 2 mars

Une fois seul, Francis se remémora sa rencontre avec Damilou, ce jour-là... Josiane déposa son amie devant le piano bar « L'Oiseau Bleu » vers 17 heures ce 2 mars, il n'oubliera jamais cette date...

Dès l'entrée, les clients étaient surpris par le tableau de Jean Metzinger, peint en 1913, « L'Oiseau Bleu », qui était entièrement composé de mosaïques. Toutes les couleurs étaient parfaitement représentées, des jaunes clairs et foncés, des nuances de gris, des verts très clairs et du mauve, et bien sûr un bleu foncé dans lequel apparaissait le bel oiseau, tenu des deux mains par une femme dont on distinguait surtout le visage ... C'était prenant, saisissant, toute la décoration était à base de bleu, tous les tableaux alentours avaient cette couleur dominante, l'éclairage était partout, léger, doux.

Les conversations discrètes se mêlaient à une musique douce interprétée avec brio par un pianiste, à partir de 18 heures. C'était l'endroit chic par excellence : des tables basses, des fauteuils club donnaient le ton. C'était le rendez-vous des hommes d'affaires et des artistes.

L'Oiseau Bleu avait été réalisé selon un nouveau concept, ce qui faisait le charme de cet établissement. Pour Francis, la couleur bleu, comme pour Claude Monet, comme pour Yves Klein, représentait la quête de l'infini...

Josiane, en repartant, dit à son amie :
- En entrant, demande Francis, il doit être là. Fais-toi offrir un verre en m'attendant, dans moins d'une heure, je serais de retour. Durant le trajet, elle lui avait expliqué :
- Francis est un garçon charmant mais ne le drague pas, je me le réserve. Je vais essayer un jour de le coincer entre deux femmes car il a une véritable cour, il ne cesse de papillonner ! En ce moment il sort avec une chanteuse de cabaret, Eva, une fausse blonde, bien sûr, un peu conne, mais que veux-tu ... Les hommes sont des êtres inconstants...
Ensuite nous irons voir Mr Delugny, le propriétaire de la galerie pour qu'il expose tes peintures, il est aussi proprio de l'hôtel en face, tu verras, c'est un homme à éviter car il est dangereux ... Elle énuméra de nombreuses critiques.

Naturellement, elle évita de dire que Delugny et Francis n'étaient qu'une seule et même personne, elle voulait lui faire la surprise. Elle aimait plaisanter, c'était son exutoire.

Anne poussa la porte au moment où Francis allait sortir. Ils étaient face à face, et Anne sut immédiatement que c'était lui : grand, mince, costume d'alpaga sombre (Josiane lui avait dit : « Il donne l'impression d'être en deuil ! »).

Elle lui tendit la main, en ajoutant, comme une évidence :
-   Vous êtes Francis ? Je suis Anne. Lui était sidéré, il s'approcha, la main tendue. La lumière de ses yeux, la volupté de sa bouche, son teint hâlé, la souplesse de sa démarche dans sa robe mauve, tout en elle lui plaisait... Sa personnalité et son charme étaient naturels et désarmants...

Ils se serrèrent la main et elle lui dit :

- Nous avons une amie commune qui viendra nous rejoindre tout à l'heure. Ils étaient debout, l'un près de l'autre, et elle souriait. Francis était décontenancé, surpris par le charisme inhérent à sa décontraction. Elle le lut dans ses yeux et son narcissisme reprit le dessus, sa beauté atemporelle, sa déité ne lui posaient pas de problèmes métaphysiques. Elle lui avait plu, l'instinct féminin, elle était satisfaite. Pour une femme, plaire est une raison d'être, séduire une victoire...

Francis la prit par le bras et l'accompagna au fond du bar, elle le regardait, éblouie aussi, étonnée déjà par son comportement, comme une évidence, elle demanda :

- Mais, nous nous connaissons ? Nous sommes-nous déjà rencontrés ? Francis savait bien que non, mais il ne put répondre, Jérôme, le barman, était là pour prendre la commande, Mr Francis n'aimait pas attendre, surtout quand il était avec une jolie femme.

Il demanda :
- Vous aimez le champagne ?

Elle hocha la tête, il commanda deux coupes de Gosset rosé, il avait repris le dessus et lui dit en souriant :
- Vous allez avoir les joues un peu plus roses !

Elle sourit encore, la glace était rompue et ils se regardaient, pensifs. Elle avait les yeux d'un vert marin qui scintillait et vous attirait comme un aimant, ses cheveux noirs entouraient un visage calme et doux, son sourire permanent était irrésistible, elle portait peu de bijoux.

Il rompit le silence qui devenait oppressant pour lui demander :
- Vous m'avez appelé par mon prénom, quelle est donc cette amie commune ?
- C'est Josiane, j'ai oublié de vous le dire. Elle doit me présenter le propriétaire de la galerie de peintures qui est juste à côté, en face du grand hôtel, le connaissez-vous ?

Francis sourit, c'était son amie antiquaire, qui pour se rendre intéressante, ou pour lui plaire, lui rabattait de nombreux peintres parfaitement inconnus et qui, souvent, le resteraient. Il ne répondit pas directement, c'était donc elle le rendez-vous de 18 heures, pensa-t-il...

- Vous peignez et vous souhaiteriez exposer ?

- Oui ! D'ailleurs j'expose régulièrement à Grenoble, Annecy, Chambéry et bientôt au Casino de Charbonnières.

Il la regarda plus intensément et comprit : « Mais, bien sûr, j'ai déjà vu sa photo quelque part, dans un journal régional ».

Anne continuait, en confiance, déballant ses pensées :

- Je suis venue ici avec mon amie mais j'ai peur de perdre mon temps, cette galerie, me semble-t-il, n'expose pas de peintres peu connus, et dont les tableaux n'ont qu'une valeur relative ...

Francis s'amusait intérieurement, il lui répondit :

- Pourquoi dites-vous cela, le propriétaire peut exposer vos peintures, si celles-ci lui plaisent, bien entendu !

Anne, négative poursuivit :

- Non, c'est un homme riche, prétentieux ! Il n'a que faire de mes « œuvres ». Il parait qu'il a une importante collection qui lui vient de ses grands-parents et de sa mère. On dit de plus que c'est un homme à femmes, il les piège toutes dans son appartement au dernier étage de l'hôtel, sous prétexte de leur montrer ses tableaux...

- Ah bon ! Il collectionne les tableaux et les femmes ?

- Oui, c'est ce que l'on dit de lui, d'ailleurs voilà Josiane, elle le connaît bien.

Josiane, comme à son habitude, avait franchi la porte avec fracas et passait par le bar serrer la main du barman, dont elle « usait » de temps à autre, elle embrassa Francis et dit :

- Je vois que vous avez fait connaissance ! Que penses-tu Lou, du beau, du tendre, du ténébreux Francis Delugny à qui personne ne résiste, surtout pas une jolie femme comme toi, méfie-toi !

31

Anne blêmit, le brun de son visage était passé au rouge pâle, elle resta silencieuse bien qu'elle ait envie de se lever et de partir en courant ! Josiane ne comprit pas tout de suite, elle demanda :

- Que se passe-t-il, ma chérie ! Il t'a piégée, il t'a dit qu'il était le serveur alors que tout le quartier lui appartient ? C'est un horrible personnage ! Ne pose plus ton regard sur lui sinon tu deviendras son esclave, à jamais ! C'est le diable en personne, je le hais car pour le moment il préfère les blondes, je n'ai aucune chance !...

Francis souriait et posa sa main sur celle d'Anne qui ne bougea pas, elle commençait à respirer mieux, à se détendre. C'était une femme intelligente et sensible, elle était vexée d'avoir été piégée par son amie.

Francis la regardait comme on regarde une œuvre d'art... Le mystère caché derrière l'image... C'est lui qui était piégé, il venait de le comprendre. A vingt-sept ans, cela ne lui était encore jamais arrivé, c'était donc cela « le coup de foudre », métaphore à laquelle il ne croyait pas. Son ami Walter disait : « Love at first sight »: l'amour au premier regard...

Elle levait son visage vers lui, il venait d'ôter ses lunettes noires et elle vit ses yeux clairs mélancoliques et ce fut à ce moment-là, comme lui, qu'elle sut ... Elle n'était plus une femme ordinaire, ils étaient devenus euphoriques en même temps. L'amour est une alchimie fragile qui restera pour toujours un mystère, ou la seule raison de vivre... Josiane avait compris aussi qu'il se passait quelque chose, un moment magique, il suffit d'un arc-en-ciel pour faire chanter l'amour. Elle était perdue, seule, ils avaient oublié qu'elle était là... Comme beaucoup de gens, elle n'aimait pas voir le bonheur des autres. Il lui fallait reprendre la main et la meilleure défense, chacun le sait, en particulier les femmes, c'est l'attaque.

Elle les réveilla :

- Francis, tu as fait de la peine à mon amie, tu dois réparer ! Commande du champagne, ou je ne remets plus les pieds chez toi !

Anne se retourna et s'excusa :
- J'ai rêvé pendant quelques secondes, pardon, je ne sais pas ce qui m'a pris !...
- Tu es sous son charme ! Et lui, regarde-le ! Il est béat, on dirait une statue !

Francis se leva pour se diriger vers le bar, Josiane en profita pour glisser à son amie :
- Je t'avais prévenue, attention ! L'amour qui naît subitement est le plus long à guérir, ne tombe pas dans ce piège, tu es mariée et mère de famille !

Mais c'était trop tard ! Anne ne l'écoutait pas.

Ils dînèrent à la brasserie Georges, au dessert, Josiane prétexta des maux de tête pour les quitter en catimini, après avoir dit à Francis d'un ton acerbe :
- Elle doit être à Saint Georges d'Espéranche demain avant midi ! Francis la regarda en levant les yeux, il avait entendu mais il était indifférent, il était ailleurs.

Josiane partie, ils ne parlèrent pas, ils étaient heureux d'être seuls, malgré le bruit assourdissant et lancinant créé par plus de quatre-cents clients... Ils rentrèrent à l'hôtel en marchant lentement, Francis avait passé son bras sur l'épaule d'Anne. Cela faisait six heures qu'ils se connaissaient et ils avaient l'impression que cela faisait une éternité. Ils ne voyaient personne, ils étaient seuls au monde...

Souvenirs d'enfance, deuxième lettre d'Anne, 10 juin

A partir du 3 mars, Francis vécut dans une euphorie qui surprit tout le monde. Il était gai, souriait, plaisantait, il avait radicalement changé... Cela semblait venir d'un sentiment consensuel... Il disait souvent : « Je n'aime pas ceux qui ne rient pas, ils ne sont pas sérieux »...

Un matin, à l'hôpital, Christine arriva un journal à la main, un sourire espiègle sur le visage :
- Regarde à la troisième page.

Francis vit un titre « ronflant » : accident grave un mort. Puis la photo du véhicule complètement détruit :
- Tu vois, ce mort, c'est toi ! Tu aurais pris une assurance vie à mon profit, j'allais avec ce journal à l'assurance et je repartais avec mon chèque !
- Tu es vénale ! lui lança Francis.

Elle souriait, heureuse de le voir se remettre lentement. Elle l'aida à se lever et à se diriger vers les toilettes. En arrivant vers le lavabo, il leva la tête et prit peur en se voyant dans la glace, des pansements sur la tête, le visage tuméfié, amaigri, ses bras ballants creusés de multiples trous, et ce pyjama dans lequel il flottait. Revenu à son lit, Christine l'aida à s'allonger de façon à ce qu'il soit à moitié assis.
- Tu as beaucoup maigri, mais comme tu te réalimentes correctement, tu vas vite reprendre du poids. Tes blessures au visage sont superficielles, tes pansements auront disparu dans une semaine, tu es sur la bonne voie !

Et c'est vrai, ce jour-là il était moins acerbe mais n'était pas encore serein quant à son devenir, loin de là... Elle ne savait que faire pour lui remonter le moral. Il avait fermé les yeux, il souffrait toujours de maux de tête inextinguibles.

- Je suis lendore (fatigué, endormi) ! dit-il.

Elle eut une idée :
- Francis, il y a encore quelques lettres que tu as reçues quand tu étais dans le coma, je peux en lire une ou deux, elles viennent toutes de ton amie Anne.

- Oui, je veux bien mais s'il te plait, parle doucement.

Christine ouvrit la deuxième lettre :

Mon Francis chéri,

Je sais combien il est pénible d'être seul, allongé dans une chambre, en clinique, loin de tout. C'est pourquoi je me propose de te faire passer un moment, sinon agréable mais au moins distrayant en t'écrivant.... Je pense que lire te fatigue peut-être, je vais essayer de m'appliquer pour ne pas t'ennuyer.

Naturellement, nous avons appris la nouvelle, ce n'est pas Josiane, mais Vladimir qui a battu le tambour ! Sur le moment nous ne savions pas si tu avais péri dans cet accident... Malgré le doute, j'étais sûre que non !... Je me suis dit que je l'aurais senti, tu ne pouvais pas nous laisser comme ça ! Toi, le tendre et le violent. Le beau Francis a encore du chemin à parcourir...

Je pense que tu as dû recevoir ma première lettre et j'ai mal à penser que cela a pu te faire souffrir. Je me représente ton visage abîmé et surtout je sais que tu t'es levé après ta chute, un ressort qui te ressemble bien ! Tu vas avoir beaucoup de temps pour penser !. J'ai su que tu avais eu un grave accident le mercredi 26, à 18 heures, il m'a fallu attendre vendredi matin pour pouvoir téléphoner...

Ta secrétaire a été adorable, c'est elle qui m'a donné ton adresse et le numéro de téléphone. Elle m'a demandé qui j'étais, n'est-ce pas, on ne donne pas des nouvelles à n'importe qui ! L'infirmière, ce matin m'a dit qu'elle transmettrait mon

35

message. En effet, j'ai averti que je viendrais te voir jeudi en début d'après-midi. Je ne peux pas venir avant et tu ne peux sans doute pas écrire... Je t'imagine, couché, complètement à plat, que te raconter ?

Je veux simplement que tu saches que nous pensons à toi : Josiane, Chantal, Aurore, Florence, Claire... Nous parlons souvent de toi. Excuse la couleur variable de l'encre, j'étais chez Chantal et ma cartouche s'est vidée lamentablement.

Je téléphonerai mercredi dans la journée. Si tu as un mot à dire, tu chargeras l'infirmière de garde de me le transmettre. Je te laisse, excuse-moi de ne pas savoir écrire juste trois mots, je suis une bavarde incorrigible, pourtant si j'étais près de toi, j'en dirai bien plus... Nous te souhaitons un bon moral en priorité, ensuite le physique ira mieux. Il va falloir du temps ...

Ta sœur est-elle venue ? Nous t'embrassons très fort,

Damilou

Je pense : je veux aimer toujours ou je veux cesser d'être...

Francis, les yeux fermés avait savouré tous ces mots magiques...

- Ta sœur ? C'est moi ? Tu lui as dit que j'étais ta sœur de lait, une employée que tu exploites! Ta conscience surtout, car s'occuper de toi est un sacerdoce mais je le fais uniquement pour aller au paradis !

- Arrête Christine ! J'ai mal à la tête, et je peux difficilement m'exprimer !

- Enfin, comme c'est la 101ème femme de ta vie, je peux te dire qu'elle est amoureuse, à moins que je m'intéresse à elle.

- Ne lui adresse pas la parole sans baisser les yeux, ne profite pas de mon état, tu es une mante religieuse !

- Oui, mon frère, je plaisante, comme toujours, tu le sais bien, on joue à ce jeu depuis vingt-cinq ans ! Si j'avais aimé les hommes, je t'aurais épousé ! Pas pour toi, pour ton argent !

- Bien sûr ! Christine Delugny, ça sonne bien ! C et D, CD !

- Mais, dis-moi, tu as déjà cédé à mes avances !

- Oui, je sais, Il y a quatre ans, lors de ta dernière permission.
- Tu avais apprécié, me semble-t-il ! Et hop ! Dès mon départ, tu as fréquenté un olibrius qui t'a fait un enfant, et tu as rejeté cet individu insignifiant quand tu as rencontré Valérie. Il a dû se suicider au soda, c'était sa boisson favorite !
- Francis, tu es un mauvais joueur, il était amoureux transi ! De plus je l'aimais bien ! Il sortait de Polytechnique et sentait l'eucalyptus !
- Ils n'auraient jamais dû le laisser sortir !...Les imbéciles...
- Allez maintenant, repose toi, Max va arriver et t'expliquer beaucoup de choses, je reviens demain dans l'après-midi, je m'occupe de tout comme d'habitude, ne te fais aucun souci. Tu vas mieux, tu reprends des couleurs. Souviens-toi de ce que disait Sénèque : « Il faut toute la vie pour apprendre à vivre mais hâte toi de bien vivre et songe que chaque jour est à lui seul une vie ! ». Tu vois je philosophe maintenant !

Il n'avait pas entendu. C'était la fin de la matinée, Francis se sentait bien, on lui avait administré des calmants. Il avait sombré pour quelques heures dans un profond sommeil, réparateur, peut-être...

C'est aujourd'hui que ses seconds parents (les parents de Christine), Béatrice et Robert, devaient venir. A l'école, au village, il avait coutume de dire :
- J'ai des parents pour la semaine et d'autres pour le week-end ! Bien entendu ses camarades se moquaient. Il était néanmoins respecté car ses parents avaient pour habitude d'inviter souvent au Moulin et Francis était toujours disponible. Cependant, ces enfants ne comprenaient pas pourquoi il était si souvent triste et mélancolique, « il a le mal de vivre » disait Béatrice...

En fin d'année, Robert installait un sapin dans la grange et, au pied, chaque enfant avait un cadeau (étiquette rose pour les filles et, bien entendu, bleue pour les garçons). Francis était devenu anticonformiste, on se demande bien pourquoi ! Un repas copieux était organisé par Béatrice mais Miren se faisait une joie de distribuer les présents. Ensuite elle s'éclipsait, furtivement, la sensation d'avoir accompli une bonne action.

Après, arrivait les Pâques, elle ramenait de Paris des œufs magnifiques et différentes friandises. Puis c'était la kermesse annuelle où Francis voyait partir ses jouets précieusement conservés. Son père disait : « Tu en as profité, c'est bien que d'autres enfants puissent se faire plaisir en les recevant, à leur tour ».

Christine et Francis participaient en emballant eux-mêmes les paquets. Pendant ce temps, Roland Delugny recevait le maire et son conseil ainsi que les habitants du village pour un cocktail. L'abbé Blanc était là et on lui remettait, à cette occasion, une enveloppe pour ses bonnes œuvres (ou pour s'acheter une 4CV !).

Venaient ensuite dans la série des festivités annuelles, l'anniversaire de Christine et celui de Francis. Ainsi allait la vie au Moulin, sans oublier la messe dominicale, au matin, le recueillement puis les vêpres, ainsi soit-il... Le dimanche soir, le chauffeur était là et son père repartait pour toute la semaine, voire plusieurs...

Il avait environ six ans, quand un homme grand, imposant, en uniforme, lui apparut pour la première fois, croyait-il ; Béatrice le poussa vers lui : « Francis, voici ton père qui revient d'Afrique, embrasse-le ! ».

L'homme ne se baissa pas et resta statique ; il posa la main sur la tête de l'enfant, qui finit par dire : « Bonjour Monsieur... ». Francis se souvenait de cet instant car c'était l'hiver et le Moulin d'Argent était noyé dans la brume. Le brouillard rendait austère la colline boisée qui surplombait la rivière, c'était un jour triste, gris, blafard. Dans cette région il fallait attendre avril ou mai pour que le jeu des couleurs soit le plus subtil. Robert lui avait appris à aimer la rivière. Il lui avait appris d'où venait ce nom, le Moulin d'Argent.

Il y a plus de cent ans, il n'y avait aucun barrage. Les pluies, souvent amenées par les orages grossissaient la rivière et des branchages, des pierres, du sable étaient remués et s'accumulaient dans les méandres du cours d'eau. Les paysans du coin avaient trouvé des pépites d'or et venaient régulièrement tamiser le sable pour se faire un peu d'argent.

Il lui avait appris à pêcher la truite, la perche et le brochet. Il l'emmenait sur l'île pour voir, au loin, les hérons cendrés, les oies blanches, les canards sauvages, les grèbes huppés qui vivent en couple dans les nénuphars où ils font leurs nids. Christine suivait quelquefois, ni intéressée, ni convaincue. Robert leur avait raconté l'évolution géologique des paysages. Ici les porphyres, là les calcaires liasiques, là les petits monticules boisés séparés de temps en temps par des vallées profondes au sol maigre et acide. Vers Vézelay, ce sont des buttes au calcaire du bathonien.

Dès qu'on descend, on arrive dans la Bourgogne vineuse. Louis XIV se faisait amener régulièrement des vins de Vermenton qu'il appréciait particulièrement. Ce sont les vins de Maupertuis, d'Irancy, de Chablis, de Saint Bris, de Coulanges la Vineuse qui sont prisés aujourd'hui. Un érudit de l'époque, écrivait, sans doute après de copieuses libations :

> *« Faut engager robes et pourpoints,*
> *Et aller boire à Irancy. »*

Les vignerons de l'époque aimaient boire le vin sans eau, ils méprisaient l'eau comme un poison :

> *« Et n'en boit qu'au bout d'un Cousteau,*
> *Tant je la crains dans mon boyau... »*

Il ne faut surtout pas oublier Boileau, propriétaire de vignes dans la région, qui, à 17 ans, en sortant de son cours de philosophie, écrivit une chanson. Malheureusement, seul, le dernier distique est vraiment connu et cité...

On est savant quand on boit bien,
Qui ne sait boire, ne sait rien... »

La flore est aussi très intéressante, du fait des changements radicaux de température. En effet, il peut faire beau et chaud, mais il pleut régulièrement, c'est sans doute la raison pour laquelle la nébulosité y est importante.

Francis, en s'assoupissant, se rappelait ce que lui avait appris Robert sur la pluie, les giboulées : si c'est du grésil, une « gibelée », si elle est légère, une « beurrée », si elle est rapide, c'est une « gibasse », si elle est torrentielle, c'est une « aiguiaune ». Dans les bois qui surplombent la rivière, il revoit les digitales pourpres, l'épilobe, la prenanthe et la laitue de plumier. S'il y a de la lumière, il y a aussi du sureau à grappes, du framboisier et de la myrtille, ailleurs, les jacinthes et la jonquille. Beaucoup sont des espèces colorées, fleurs blanches, la renoncule à fleurs d'aconit, jaunes l'arnica des montagnes, l'impatiente « ne me touchez pas », violette l'aconit pyramidale, rose, la canneberge des marais et dans les sols calcaires, de grandes variétés d'orchidées... Et, bien sûr, les immenses tapis verts à fleurs bleues et le muguet en mai. Le long de l'étang, les iris jaunes pavoisaient.

La végétation, si verdoyante au bord de la rivière, est pauvre un peu plus loin, sur les rochers, à côté des églantiers épineux des genévriers y fleurissent, parfois, de magnifiques chardons, des œillets des chartreux et des orchidées. Sur la pente de ces roches, croît une plante hygrométrique fort rare : la « Stipa pennata », appelée barbe de Saint Moré. Certains connaisseurs la cueillent avant sa maturité. Si le temps est au beau, les barbes se crispent, si elles sont lisses, il va pleuvoir. Elle perd ses propriétés si elle est cueillie par une femme, elle les possède au plus haut degré, au contraire, si c'est un homme qui la récolte.

Mais ce que Francis aimait par-dessus tout c'était la cueillette des champignons, il avait appris à reconnaître les vénéneux tels que les amanites phalloïdes ou tue-mouches. Suivant les saisons, on peut trouver des morilles, des cèpes, des chanterelles, des pieds de mouton, des trompettes de la mort, dans les bois de sapins des chanterelles en tube. Il voyait les reflets du soleil à travers les arbres, ceux-ci tournaient, s'avançaient sur lui, tournaient encore... Il commençait à s'endormir et ferma les yeux en pensant : « Ne plus voir Anne, ne plus aller au Moulin d' Argent, c'est mourir ! Mais comment faire autrement ? ...

Francis déprime, deuxième quinzaine de juin

A son réveil, il se rappela avoir dans son tiroir plusieurs lettres d'Anne, qu'il n'avait pas encore lues, il en prit une. L'enveloppe était beige, il respira son parfum et pâlit... L'émotion l'envahit. Il mit quelques secondes avant de l'ouvrir... Son regard brillait en découvrant la missive. C'est la troisième, pensa-t-il, peut-être pas, mais peu importe l'ordre. Tout à coup, il fut pris d'un délire :

- L'ordre...ordre alphabétique, ordre du jour, ordre moral, ordre public, ordre d'idées, premier ordre, ordre judicaire, ordre administratif, ordre des primates, ordre mineur, ordre majeur, l'ordre... Mais moi ce sont des maux que j'ai, je me fous des ordres : de l'ordre, des ordres, désordre, du désordre pour changer. Tout changer, pensa-t-il, les bras en croix...

« Si nous voulons tout conserver, il nous faut tout changer », écrivait Giuseppe Di Lampedusa dans son unique roman « Le guépard ».

La crise était passée, il était calme, il lut la lettre lentement, les mots lui échappaient, sa vue était encore brouillée.

Mon Francis,

A chaque lettre que j'écris, je me demande si tu auras la force de la lire, mais je sais que lorsque tu verras mon adresse, tu reconnaîtras mon écriture, peut-être cela te suffira-t-il.

Le beau temps est revenu. Ce matin, j'ai peint une toile 100/80 : une table de jardin sur laquelle sont disposés un pot, une bouteille et deux citrons, une chaise derrière. Des tons vert d'eau, des terres de Sienne, des blancs, des gris profonds et plats, et quelques rouges éteints. C'est bon, c'est bon de peindre, de créer.

J'attends ma mère qui revient de voyage, la maison de Saint Georges n'est pas terminée, elle attendra donc chez nous. Il me sera difficile de t'écrire (mais rassure toi, j'y arriverai !). Je vais appeler, il est midi et demie, peut-être es-tu en train de déjeuner. Oh ! Je pense que non, suis-je bête, on mange très tôt dans les hôpitaux ! À 11 h, je crois. J'ai eu l'infirmière au téléphone : « Je ne pense pas qu'il soit tout à fait conscient », m'a-t-elle dit, « cependant il mange seul ».

J'ai le cœur chaviré ... Mon pauvre chat, trop mal à sa tête ! ... Te sens-tu flotter dans un monde irréel ? Te souviendras-tu jamais de ce que tu éprouves à ce moment même ? Je te laisse pour aujourd'hui, je ne saurais pas si tu m'as lue ... Repose toi, détends toi, reprends au plus vite le cours de ta vie. Tu manques à tous tes ami(e)s ...

Damilou

Ma pensée du jour : je ne me demande pas si tu es bien ou mal, je sais que tu es toi, et cela me suffit.

Quand Christine et ses parents arrivèrent à son chevet, Francis dormait sur un lit défait, à vau de route, comme on dit dans le Morvan... La tête penchée hors des oreillers, Christine passa devant la fenêtre et vit l'enveloppe et la lettre sur le sol, elle les ramassa prestement et les rangea dans le tiroir. Elle devina qu'il avait dû avoir une réaction anormale et, aidée de sa mère, le remit à sa place et en profitèrent pour refaire son lit le plus doucement possible. Les mouvements réveillèrent Francis qui leur fit un accueil chaleureux :

- Ah ! Béatrice, Robert ! J'ai plaisir à vous voir mais j'ai triste mine et rien à vous offrir, il n'y a pas de bar dans cet établissement !

Béatrice avait l'air d'une madone, un visage clair, voire blanc, des cheveux noir corbeau, de très beaux yeux sombres et brillants, toujours vêtue de noir et blanc. Quant à Robert, il avait des yeux bruns pleins de profondeur, ses cheveux déjà gris, coiffés en arrière faisaient ressortir un front haut et un teint légèrement hâlé. Il se maintenait droit, avait des gestes mesurés, un langage posé, sobre, c'était un attentiste, un homme prudent.

Béatrice s'approcha et l'embrassa sur le front, Robert lui tenait la main doucement. Tous deux étaient pâles, presque livides. Christine leur avait dit qu'il allait mieux, ils n'en étaient pas convaincus, ils ne savaient que dire, gênés... Francis avait compris et lu dans leurs regards leur désappointement, il essaya de les rassurer :

- Je serai bientôt sorti d'ici, et j'irai au Moulin me reposer, marcher avec mes béquilles, déguster votre cuisine, Béatrice !

Ils sourirent et s'empressèrent de le réconforter, Robert commença le premier :

- Francis, il y a de beaux brochets autour de votre île et de belles truites dans la rivière, bientôt ce sera la saison des girolles, encore un peu de pluie et elles seront au rendez-vous. Le bon temps reviendra ! Nous serons contents de vous avoir parmi nous. Depuis la mort de votre mère, le domaine ne vit plus, c'est le calme plat... Nous n'avons plus de visiteurs, plus d'artistes peintres, votre père ne vient même plus...Qu'allons-nous devenir ? Yves, Emilie et leurs filles vous embrassent, eux aussi se font beaucoup de souci ! Revenez vite, vous remettrez de l'animation. Fin juin, la kermesse annuelle doit avoir lieu, soyez présent, vous ferez des heureux ! Eric se morfond, il lave et relave les voitures, nettoie les barques, fait briller les grilles d'entrée, ratisse les allées et tond les pelouses. Cet homme de peu que Miren avait tiré du ruisseau était plein de dévotion.

Béatrice prit la suite :
- Francis, vous êtes venu, il y a un mois environ, avec votre amie Anne, elle est vraiment charmante, elle nous a tout de suite plu ! Vous n'êtes restés que trois jours et nous en parlons encore, vous n'avez pas oublié que vous aviez demandé que nous dînions tous ensemble le dernier soir. C'était la première fois que nous mangions dans la grande salle à manger. Nous étions tous étonnés, pas votre amie ! Elle a plaisanté, elle a même dit que vous cachiez votre timidité derrière vos lunettes noires ! Tout le monde a ri, quelle belle soirée ! Seul Eric est parti se coucher, larmoyant, il aimait tellement votre mère. Nous avons tous pensé à elle, senti sa présence... Je crois que c'est Anne qui l'en avait persuadé, mais ne lui dites rien, ce n'est pas un reproche, c'est vrai, Miren était parmi nous.

Christine n'avait rien dit, elle n'avait pas voulu interrompre ses parents et était repartie avec eux, il y avait deux heures de route. Avant de partir, elle avait jeté un sourire complice à Francis. Celui-ci était replongé dans ses pensées, se rappelant ce que lui avait dit Anne dans sa deuxième lettre : « Tu vas avoir beaucoup de temps pour penser ».

Effectivement, il ne faisait que ça quand les douleurs se calmaient. Les Bresson étaient mal à l'aise, c'était compréhensible... S'il lui arrivait malheur, tout s'écroulait, ils avaient pourtant reçu, en héritage, à la mort de sa mère, une des deux maisons situées avant le pont, la plus spacieuse, d'ailleurs, l'autre ayant été léguée aux Letellier. Eric recevrait une pension à vie, mais leurs emplois dépendaient de Francis, il fallait remédier à cela.

Avant l'accident, séjour au Moulin d'Argent

Béatrice lui avait rappelé son séjour, début mai, avec Anne. Cela lui paraissait lointain, et pourtant c'était hier. Richard, son mari, était parti en Forêt Noire, dès le dimanche soir 2 mai, Anne avait dit à sa mère qu'elle allait à Paris avec son amie Josiane. Ils partirent de Lyon, le lundi matin afin d'arriver pour déjeuner au Moulin. Béatrice leur avait préparé la plus belle suite. Elle n'avait rien oublié, comme à son habitude, ni fleurs, ni boissons.

Francis lui avait fait visiter le domaine, suivi des deux bergers allemands, Gus et Nana. Ils avaient pris une barque pour traverser la rivière afin de cueillir le muguet et avaient visité l'île (appelée île Christine). Francis lui avait fait découvrir la cabane en bois que Robert lui avait construite. Anne s'était amusée de voir les deux petits lits en bois et avait conclu, évidemment :
- Combien de filles sont venues... prier ici ?

En voiture, il lui avait décrit le rôle de chacun au domaine, sans oublier les surnoms que Christine et lui leur avaient donnés.

Anne trouva peu originaux ceux de Béatrice : la Madone, Yves : Courtes bottes, Eric : le Voiturier, (sobriquet qui lui resta) ; par contre elle s'amusa de ceux de Robert : Bob l'éventreur ou l'étrangleur (pour les repas dominicaux, c'est lui qui avait pour tâche de dépecer les lapins ou d'étrangler les volailles), Sylvie : Javotte et sa sœur (un peu forte) : la Bouboulina.

Elle rit de bon cœur quand il lui parla d'Emilie :

47

Elle a la tête de Louis XIV, la poitrine de Manouche, et les jambes d'un mannequin de chez Patou, et, pour couronner le tout, une voix stridente : la Castafiore, comme la vraie, celle dont s'est inspiré Hergé.

En fin de soirée ils étaient allés voir sa collection de voitures : la plus ancienne, une Buick noire huit cylindres en ligne des années quarante, il lui expliqua que sa mère appréciait sa robustesse, de plus elle était agréable à regarder. C'est dans cette voiture que j'ai fait mes premiers voyages : Paris, Lyon, Antibes, Florence, etc. Ensuite Miren fut conquise par la Cadillac série soixante, V-8, 5.4 litres, à ailerons, qui se classa dixième aux vingt-quatre heures du Mans, en 1950. Elle disait : «J'achète français, malgré tout », car le fondateur de Détroit, en 1701, était un aristocrate français, le sieur Antoine de Lamothe-Cadillac. Deux siècles après, Henry Leyland fonda la marque Cadillac.
- C'est dans cette voiture que j'ai voyagé pour la dernière fois avec ma mère lors d'une permission en 1962, deux mois avant sa mort... Celle-ci, c'est la Mercedes 300 SL qu'elle m'a offerte pour mes dix-huit ans, je l'emprunte de temps en temps, ses ailes papillons en font une voiture originale. Celle-là, tu connais, c'est le cabriolet 403 à quatre vitesses entièrement synchronisées, les roues arrière sont motrices (c'est l'Italien Sergio Pininfarina qui a été choisi pour carrosser cette nouvelle berline, dommage car il l'a reproduit pour Alfa Roméo et la Fiat 2 300). Voilà, c'est un grand plaisir pour moi, cette collection, je vais bientôt y rajouter la Lotus Elan biplace qui est à Lyon, elle a bien roulé ; le cabriolet 404 me convient parfaitement pour l'instant.

Partout où ils allaient, les deux chiens-loup de Bob les suivaient, de loin. Anne demanda à voir la chapelle, mais Francis était réticent, il répondit :
- Je veux bien, mais nous irons avant de partir, pas maintenant.

Elle n'insista pas, elle avait compris.

48

Ils avaient beaucoup marché, et en arrivant dans les bois, de l'autre côté de la rivière, il lui avait fait faire « le parcours du combattant ». C'était un chemin caillouteux, peu large, au-dessus de la rivière. Pour ne pas tomber dans l'eau, il fallait s'accrocher aux branches, à des sortes de lianes, mais trois ou quatre cents mètres plus loin c'était la féerie : des milliers de brins de muguet apparaissaient dressant fièrement leurs clochettes blanches nichées dans leurs ailes vertes, il existe même une variété dont les clochettes sont roses. C'est la magie de la nature...

Arrivés au salon, une collation les attendait, accompagnée de toutes sortes de boissons. Après avoir grignoté, s'être désaltérés et reposés, il lui fit faire le tour du propriétaire, Anne était sidérée de voir autant de tableaux. Les impressionnistes y étaient représentés à toutes les époques, c'était un véritable musée.

- Mes grands-parents sont à l'origine de cette collection et ma mère continua avec des œuvres de la fin du XIXème et du début du XXème. ·

Il commenta avec ferveur cette nouvelle école :

- L'impressionnisme mit de la lumière dans la poésie, ce fut un changement radical dans le comportement des peintres de l'époque. Plus de couleurs, plus de sensibilité, une autre façon de regarder et de reproduire en peinture, mais aussi la musique, l'écriture.

Ma mère aimait beaucoup Emile Bernard, il était le précurseur du symbolisme, il termina avec un travail plus académique (il faut rentrer dans le rang ou être critiqué, sabordé)... Nous dépendons des critiques, nous en méprisons beaucoup, mais ce sont eux qui décident du mérite de l'artiste... Certains s'enrichissent, d'autres non, c'est la loi des affaires en général et de l'art en particulier...

Le romantisme fut assez décrié, en particulier par « l'Action Française », pourtant ce qui est acquis demeure... Il émanait du romantisme une certaine modernité, une autre façon de s'exprimer, qui, bien sûr, déplaisait à ceux qui voulaient rester

« académiques »... Contempler « l'Enterrement de la sardine » de Goya, était une farce, mais à cette époque, 1813, il fallait du culot pour exposer une telle œuvre ! Et puis, les anglais : Constable, qui a dit un jour :

« La peinture n'est qu'un autre mot pour désigner le sentiment... »

Au sujet de Picasso, quand nous étions à Antibes, nous allions le voir à Vallauris, il nous emmenait déjeuner dans un petit restaurant de Golfe Juan, il invitait et payait par chèque. Cela ne lui coûtait rien disait-elle, le propriétaire du restaurant, connaissant sa notoriété, n'encaissait jamais les chèques, il les collectionnait.

Il était tout de même généreux, à sa façon, car il laissait comme pourboire, à la serveuse, un dessin, qu'il ne signait pas toujours... Sinon, elle aurait pu acheter le restaurant ! J'avais remarqué qu'elle semblait enchantée, en effet un dessin du maître pouvait lui assurer une bonne retraite... Miren m'expliquait au retour, en souriant, qu'il était pingre mais qu'il lui remboursait les volailles, les lapins, les œufs, les légumes qu'elle lui apportait souvent du Moulin, pendant l'occupation.

Picasso avait des centaines de tableaux dans une grange de sa propriété de Vallauris, ouverte aux vents. Ma mère s'étonnant, il lui répondit : « ils ne valent rien, ils ne sont pas signés ! » Picasso avait habité « La Vigie », à Juan-Les-Pins et y avait réalisé de grandes fresques pour Florence Gould, mais son mari n'apprécia pas et fit tout repeindre...

L'art peut être éphémère. Le peintre disait souvent : « Quand je manque de bleu, j'utilise du rouge, c'est ça la peinture ! »...

Pour être un génie de la peinture, il ne s'agit pas de peindre les choses telles qu'elles sont mais telles qu'elles lui apparaissent... Le Dominicain disait à ses élèves : « De la main d'un peintre ne doit sortir aucune ligne qui n'ait été formée auparavant dans son esprit »...

Damilou, elle aussi, était contemplative :
- Parle-moi de Marie Laurencin, tu en possèdes de nombreuses toiles.
- Je n'ai pas que des tableaux, mais aussi des pastels aux couleurs claires, c'est léger, doux, comme parfumé... Elle fut l'amie des poètes, elle vécut avec Apollinaire, et amie des écrivains, Marcel Jouhandeau en particulier. Elle était souvent près de Cocteau et faisait partie de la bande à Florence La Caze (Florence Gould), femme de lettres américaine, épouse du roi des chemins de fer aux Etats-Unis, et de ses déjeuners « sous la table ». Elle aimait les hommes et aussi les femmes. A ses débuts, elle posa pour Rousseau mais à la fin de sa vie, elle était devenue mordante. En controverse avec les écrivains : c'était en permanence un duel plume contre pinceaux ! Elle disparut, j'avais 18 ans.
- Et Cocteau, parle-moi de lui !
- Il venait au Moulin d'Argent se faire nourrir pendant l'occupation, le week-end, avec d'autres, « les faunes à l'abreuvoir ! » disait mon père. Le reste du temps, il se nourrissait des invitations de ci, de là ...
- Un cocktail, des « cocteaux » ! disait ma mère... Tout un monde. Francine Weisweiller finança, entre autres, « les Enfants terribles », en contrepartie, il lui décora sa villa au Cap Ferrat. Aidé financièrement par quelques amis, il acheta la villa de Milly La Forêt où il mourut il y a à peine deux ans... Il n'oubliait pas que c'est chez un ami de Florence, Max Jacob (le poète juif converti au catholicisme avant d'être arrêté par les nazis) qu'il connut l'amour avec un grand R : Raymond Radiguet, décédé de la grippe espagnole en 1923, il avait à peine 20 ans... Cocteau, disait Miren : « C'est un feu follet du marais ou un feu follet de la Saint Jean ! ». Les femmes l'aimaient, cependant il a dit un jour : « *Les femmes sont les mensonges de Dieu !* ... »

Mon père disait de lui : « C'est le faune de la foutaise »... Il ne l'aimait pas, il le surnommait « Le petit singe à la voix de coq châtré ! »

- Maintenant, allons dîner, Béatrice nous a installé près de la roue, la vue est belle le soir, tu verras de beaux reflets sur l'étang. Nous ne pouvons pas manger sur la terrasse, il y fait trop frais à cette heure, même en mai.

Le menu était parfait : un ratafia blanc pour commencer, Anne buvait lentement « C'est la boisson des Dieux ! » dit-elle. Ensuite on leur servit des œufs en meurette suivis d'un brochet au beurre blanc, accompagné, évidemment d'un Chablis 1er cru. Le plateau de fromages comprenait des fromages du pays, du chaource et un époisses dont l'odeur forte surpris Anne, le tout à déguster avec un Irancy, rouge grenat, parfumé, vin léger par excellence. Ils terminèrent par une tarte aux pommes du verger.

Lettre d'Anne, crise, souvenirs d'enfance, 17juin

Francis montrait depuis deux mois une joie de vivre qui faisait plaisir à voir et ses amis s'en réjouissaient. Il revoyait le film de ces trois jours, un peu dans le désordre mais peu lui importait. Chaque moment intense lui rappelait les yeux d'Anne, son sourire. L'image perdurait... Il s'endormit, l'emportant dans ses songes.

> *« Comme la chaleur ne peut être séparée du feu*
> *La beauté ne peut l'être de l'éternité. »*

Le lendemain matin, il eut droit à la visite du grand mandarin de l'hôpital, accompagné de sa suite : Francis le regarda d'un air interrogateur, et tout de suite il le tranquillisa :
- Votre état est stable, votre tension est bonne, votre rythme cardiaque correct. Seule, votre température varie, mais les améliorations sont manifestes... Nous allons continuer à vous faire quelques tests et dans quelques jours nous envisagerons la rééducation. Vous allez devoir reprendre la marche, d'abord avec des béquilles, ensuite avec une canne. Cela pourra durer de longs mois avec tous les inconvénients inhérents à vos séquelles : cauchemars, sommeil agité, suites logiques d'une trépanation... Ne soyez pas inquiet, mais faites en sorte d'éviter le soleil, le vent et les chutes, bien entendu. Nous en avons parlé avec votre ami, mon confrère de Lyon. Nous nous reverrons avant votre départ.

Pour se détendre, Francis prit une autre lettre d'Anne dans son tiroir.

Tendre Francis,

Pas eu le temps d'écrire hier, toujours par monts et par vaux (c'est vache !). Je conduis l'Austin de maman, j'aime beaucoup. C'est une petite étoile filante si je la compare avec ma guimbarde de Renault ! Dans quatre jours, je serai près de toi, Josiane m'accompagnera. Je peux aller à Dijon, puisqu'elle y va ! C'est toujours grâce à elle que je suis allée à Lyon, pour le meilleur et pour le pire...

Je me demande si mardi tu auras recouvré tous tes esprits ? Je ne cesse d'imaginer quel effet cela va nous faire de nous revoir dans ces conditions... Je vois déjà ta chambre, j'ai placé la fenêtre à gauche de ton lit. Je vois la table de chevet, je n'arrive pas à imaginer la couleur de ton pyjama mais c'est secondaire, ta chambre doit être bien nue... Il te faut cela, je pense pour récupérer : un autre univers, dans le calme et le dénuement. As-tu des visites de parents ?
Mardi cela fera 15 jours que tu as eu cet accident. Tu as eu la chance de t'en sortir... Il faut rendre grâce à Dieu. La vie est le plus beau don du ciel, ce serait ingrat de ne pas s'en souvenir... Je t'embrasse bien fort

Damilou

Une pensée pour aujourd'hui : l'été, la lumière et le ciel, c'est donc toi !

Un plus pour t'amuser : hier j'étais chez mon disquaire pour acheter un disque d'Albinoni, une femme entre avec son cabas à la main et demande :
- Avez-vous « la mer » ?
- Bien sûr Madame ! Laquelle voulez-vous ? Celle de Debussy ou celle de Charles Trenet ?
- Donnez-moi donc la moins chère !

Il replia la lettre, la remit dans l'enveloppe et la glissa sous les autres. De nouveau, il ferma les yeux et revit son visage et elle se mit à sourire. Il pensa : « Je deviens fou ! » Il referma les yeux, elle était là C'est une hallucination ! Il ouvrit les yeux : rien, personne... Il referma les yeux, elle était toujours là mais ne souriait plus, elle avait un regard troublant, plein de reproches... Sa température était élevée, il avait horriblement chaud. Sans comprendre pourquoi il fut pris de panique, il étouffait de douleur, de rage, de colère, de désespoir ! Il criait « Je veux être aveugle, je ne veux plus jamais voir ! » L'infirmière arriva, vit le lit défait, Francis les bras en croix dans son délire avait entraîné un appareil et les tuyaux s'entremêlaient... Elle demanda de l'aide, et un quart d'heure plus tard il était calmé par une piqûre et dormait le visage défait...

Christine arriva très tôt, les soignants lui relatèrent l'incident en le minimisant :
- C'est un réflexe courant, il décompresse, il s'extériorise, il a beaucoup exsudé, il se méprise peut-être, c'est habituel, mais ce qui nous a étonnés, ce sont ses paroles : « Je veux être aveugle ! Ne plus jamais voir ! » C'est incompréhensible, nous ne connaissons pas de cas similaire... A-t-il des antécédents familiaux qui pourraient justifier de cette attitude ?

Christine réagit mal :
- Non, il n y a pas de fou dans sa famille que je sache !
- Ne vous vexez pas, nous essayons de comprendre !

Quand Christine arriva dans la chambre, elle comprit immédiatement qu'il était dans un état second... Il ne parlait pas comme à l'ordinaire, aucune parole de bienvenue, son regard était froid, ses yeux durs et crispés... Elle-même était tendue, elle avait du mal à déglutir, comme si sa salive restait bloquée, le voir dans cet état la rendait malade... Hier tout allait bien ! Pourquoi ce changement radical ? Elle fut surprise par son ton acerbe :
- Tu viens voir le déchet, du moins ce qu'il en reste ! On m'a piqué pour m'anéantir, tu vois je suis à leur merci, à ta merci, profites-en pour me débrancher, qu'on en finisse ! Je n'ai plus envie de vivre, je souffre trop, ma tête est un volcan, mon cerveau va se liquéfier et sans doute tout le reste avec, telle la lave incandescente ...

Il semblait pourtant respirer calmement, mais elle le sentait oppressé, elle choisit donc de se taire, le calme, le silence, c'est ce dont il avait besoin. Elle le connaissait trop pour savoir qu'il était extrême... Elle le fixait intensément, et des souvenirs fugaces, tellement lointains, puis plus précis surgirent.

Un jour, son père en arrivant un vendredi soir, l'avait surpris avec un Lapébie (du nom d'anciens coureurs cyclistes professionnels) sur l'étang gelé, la glace aurait pu se rompre à tout moment ! Il eut donc droit à 10 coups de fouet et avait été forcé de jeûner tout le week-end... Sa mère avait essayé de s'interposer, mais son père était resté inflexible : ordre, obéissance... désobéissance : punition... Une autre fois, il avait parcouru les collines environnantes avec la jument préférée de son père, celle qu'il attelait à son sulky pour se balader en campagne... dix autres coups de fouet et deux jours de réclusion ... Elle se souvenait avoir croisé Francis, ces fois-là, et il souriait ! Elle l'avait noté... Il est si curieux de sourire en de telles circonstances...

Un jour, son père à elle, Bob, l'avait trouvé essayant de passer, en plein hiver, au-dessus de la rivière sur un tronc d'arbre arraché par les vents. Elle se souvenait qu'il avait écouté l'admonestation et qu'il avait fini par céder et s'était excusé... C'était en semaine, elle s'en souvenait parfaitement, et le soir, au dîner, elle le regardait avec étonnement et perplexité, il croisa son regard et sourit en clignant des yeux... Elle pensa : il est capable de tout, est-il dangereux, ou seulement un inconscient chronique ? Aujourd'hui, elle pensait la même chose... et croyant que le dialogue était impossible, dit :
  - Repose-toi, reprend le moral, je reviens demain.

Elle se levait pour partir quand il lui dit d'une voix calme et feutrée mais non moins imposante :

  - Non, Christine, nous avons à parler !
  - Nous parlerons demain, tu es contrarié, je le sens ! Francis répondit :

- C'est vrai, mais ma contrariété vient de plusieurs soucis, et tes parents en sont un !

Christine se rebella :
- Nous y voilà ! Leur comportement hier t'a déplu ? Vas-y, critique, fais toi plaisir ! Défoule-toi, tu en as besoin !
- Mais pas du tout ! J'ai réfléchi, c'est tout ! S'il m'arrive malheur, c'est mon père qui hérite du Moulin et du reste, ab intestat ! C'est ainsi quand il n'y a pas de testament ni d'héritier nommé, je connais mon père ! Tes parents seront vite remplacés par un adjudant en retraite et sa femme, les Letellier aussi seront remerciés et Valérie et toi pourrez trouver un emploi dans une autre galerie ! Mon père ne vous fera aucun cadeau, tu le sais ! Il se croit le premier moutardier du Pape !

Christine se sentit désarmée, effectivement, ses parents étaient très inquiets ainsi que tout le personnel du Moulin d' Argent, si Francis venait à disparaître, tout allait partir à vau-l'eau ! Roland Delugny était un pince maille (avare) réputé... Ils n'avaient aucun lien de parenté, Francis pouvait faire des dons de son vivant, comme sa mère avant lui, mais cela ne pouvait pas tout résoudre... Ils étaient tous deux enfermés dans leurs pensées.

Francis interrompit le silence pour lui demander :
- Ton ami, le géniteur de Frédéric, l'a-t-il reconnu, lui a-t-il donné son nom ? Christine lui répondit sèchement :
- Tu plaisantes ! C'est MON fils, il porte mon nom et n'en portera jamais d'autre ! Francis évasif lui dit :
- C'est dommage, je pourrais le reconnaître et dans ces conditions s'il m'arrivait un accident, vous n'auriez plus de soucis à vous faire... Il deviendrait alors mon héritier, tu pourrais gérer tout jusqu'à ses vingt et un ans et d'ici là...
- Pourquoi ferais tu ça, Francis, je ne te demande rien ? Ta mère a déjà fait beaucoup pour moi, si j'ai pu faire les Beaux-arts, c'est grâce à elle, elle a tout financé !
C'était un euphémisme ! Miren avait toujours tout fait pour Christine... Pour ses vingt-et-un ans, elle lui avait offert un

magnifique coupé rouge de marque Anglaise, elle était la fille qu'elle aurait souhaitée avoir.

- Ecoute, je n'ai pas de famille si ce n'est mon père et l'amiral, son frère, qui n'a pas d'enfant, alors c'est l'Etat qui rafle la mise et quelques miettes pour de vagues cousins. Parle à tes parents, à Valérie, je peux sortir dans une dizaine de jours, essayons de résoudre le problème avant cela.

Elle partit aussitôt, Maxime allait arriver et elle voulait les laisser seuls.

Francis prépare sa succession, lettre d'Anne, 25 juin

Après Dijon, Christine s'arrêta à la poste d'un village pour appeler Valérie à Paris qui fut heureuse de l'entendre :

- Ça fait plus de dix jours que je ne t'ai vue ! Tu es venue le jour de l'une de ses opérations, quand reviendras-tu ?
- Bientôt. J'ai une nouvelle importante à te communiquer, et j'ai besoin que tu m'aides.
- Je t'écoute, ma chérie ! Christine se jeta à l'eau :
- Francis a peur d'avoir un accident, il veut reconnaître mon fils afin qu'il devienne son héritier, au cas où...
- C'est génial ! Et adorable de sa part, mais attention, Roland Delugny peut contester la paternité de Francis, la science a maintenant des moyens assez évolués pour faire éclater la vérité... Christine gênée, répondit :
- Mais, Valérie, il est le père de Frédéric, l'autre n'était qu'un leurre... Il y eut un silence sur la ligne.
- Nous n'en avions jamais parlé, j'adore Frédéric, tu le sais, il est aussi mon fils, donc accepte, mais je pense qu'il faut le lui dire, c'est la moindre des choses... L'éthique t'interdit de faire autrement...
- Je le lui dirais, mais pas tout de suite, je n'en ai pas le courage, il pourrait être furieux, vexé. Il a actuellement des réactions curieuses, anormales, je vais attendre un moment plus propice.
- Comme tu veux, mais c'est une excellente nouvelle, ma chérie, ne tarde pas et viens vite à Paris !

En arrivant au Moulin, elle vit son père arrosant les fleurs, les pivoines rouges et blanches étaient nombreuses et soignées en souvenir de Miren. Les doubles lilas blancs étaient fleuris. Christine devait leur dire la vérité, mais avant elle réclama un verre de Chablis. Son père se leva, traversa la cour pour aller à la cave du Moulin, en revenant il vit sa fille en larmes, dans les bras de sa mère, il ne comprenait plus... Réunis au salon, les Bresson étaient en train de digérer la nouvelle qui se trouvait être capitale...

Frédéric allait s'appeler Delugny, Béatrice était folle de joie, Robert, plus réservé, comme assommé, mais ravi. C'est sa femme qui lui fit la révélation :

- Je savais bien que Francis était le vrai père de Frédéric, je l'ai toujours su ! Vous les hommes vous ne remarquez jamais rien ! Il a le même regard un peu triste, le même caractère, vous oubliez que je vous ai élevés ensemble ! Ma fille m'a toujours menti ou éludé mes questions, et Francis, naïf, a toujours fait confiance à Christine. Par contre, elle a raison, il faut attendre pour le lui avouer...

Pendant ce temps, Maxime était au chevet de Francis, il l'avait trouvé changé mais n'arrivait pas à discerner d'où cela pouvait provenir... Il lui donna de nombreux messages que Marie-Thérèse avait notés et de nombreux chèques que Josiane avait collectés, l'idée était amusante, les montants et les commentaires étonnants :

- 200 francs : à mon ami Francis pour une place au paradis (Latin),
- 300 francs : à mon ami Francis pour se remettre (financièrement),
- 500 francs : pour l'achat d'une paire de gants (de boxe,)
- 1 000 francs : à mon ami tout cassé que j'aime toujours (Chantal),
- 2 000 francs : pour acheter du champagne (Gosset d' Ay, évidemment)...
- Il y avait même un chèque de dix millions (d'anciens francs) signé d'une amie, c'était touchant... Une autre collection.

Maxime fut étonné d'apprendre qu'il voulait reconnaître le fils de Christine. Il comprenait cependant, Francis n'avait pas d'héritier, mais il ne s'attendait pas à ce qui allait suivre : Francis avait préparé des arguments imparables :

- Maxime, vois dans quel état je suis, il va falloir de nombreux mois pour me remettre, je dois partir. C'est la raison pour laquelle je te demande d'appeler rapidement Luc Martel, notre avocat, pour enregistrer les changements suivants :

- Tu deviens PDG à ma place,

- Christine te seconde en tant que DG adjointe, pour les galeries, les expositions, etc.,

- Décide d'un salaire plus élevé avec une prime annuelle au prorata des résultats,

- Achète vingt pour cent des parts du capital avec paiement étalé sur cinq ans, vois avec Luc si acheter au nominal n'est pas critiquable par le fisc, puis-je vendre à ce prix ou un peu plus si nécessaire ? En sortant de l'hôpital, je peux passer à Lyon. L'assemblée peut se tenir dans mon appartement, ou ailleurs, afin que je puisse tout signer pour que tu aies les mains libres.

Maxime essaya de le raisonner :

- Je te remercie de ta confiance mais me donner pour un prix très bas vingt pourcent du capital, c'est un cadeau ! Pourquoi si vite ? Tu n'es pas pressé, tu vas partir pour combien de temps ? Deux ans, cinq ans ? Tu reviendras !

- C'est pour te remercier à l'avance de faire fructifier le capital en mon absence... On appelle maxime « le principe subjectif du vouloir » disait Kant, accepte Max, fais-moi plaisir !

- C'est ça ! Et je vais payer ce capital avec l'augmentation de salaire que je vais m'octroyer ! Je vais faire danser les écus !

- Ecoute-moi, je vais être totalement absent, tu vas avoir toutes les responsabilités, c'est ma façon de te dédommager...

- Francis, tu me caches quelque chose, dis-moi la vérité !

- Si tu veux ! La vérité est que je me sens amoindri et Marc m'a dit que j'allais avoir des moments pénibles, de plus avant de partir, je veux rester en France quelque temps et tu vas m'aider à me faire oublier. A ce sujet, tout ce qui est nouveau doit rester confidentiel, il ne faut pas que Christine vienne à Lyon ou alors sans passer ni par l'hôtel, ni par la galerie, ni par L'Oiseau Bleu !

- Que dois-je dire à Josiane, Chantal, Claire, et les autres ?

- Pour l'instant qu'elles ne viennent surtout pas au bar, surtout avec leur amie de Saint Georges d'Espéranche, trouves un prétexte, mais ne dis pas pourquoi.

- Bien, dit Maxime, mais note que nous avons eu deux messages au numéro de téléphone que tu as donné à André ! Le premier : Mr Jo est furieux de ne pas savoir où habite Eva à Londres, il offre une somme importante pour tout renseignement. Le second : il a mis en place deux autres équipes pour savoir où tu iras en sortant d'ici, il va falloir ruser... Par contre, très peu d'appels du barman mais il va deux fois par semaine au Lido.

Maxime allait partir mais Francis s'épancha :

- J'ai hâte de sortir d'ici pour voir une place avec une fontaine, des massifs de fleurs, des arbres à l'ombre rafraîchissante, entendre les conversations, les rires des filles et des garçons qui sont en communion d'esprit, c'est ça la vie : des regards, des sourires, des fous rires... Voir une belle statue au milieu d'un terrain vague et au détour d'une route de campagne, le cul d'une Charolaise ! C'est vraiment ça la vie !

Maxime sourit et prit congé, dubitatif, se demandant où voulait en venir Francis...

Son ami l'ayant quitté, Francis se désaltéra et se reposa en se disant que les jeux étaient faits, tout se mettait en place, enfin... Il se décida à lire une nouvelle lettre d'Anne, pour se décontracter, il ouvrit une enveloppe mais avant de lire se prit à penser :

- La femme est désirée, aimée, critiquée, perdue ou quittée mais elle est toujours dans la vie des hommes. Quelquefois elle peut être la perdition, le naufrage... Souvent redoutée elle est et restera sans doute toujours un mystère pour eux, un avenir ou leur salut... Qui a inventé la passion, les femmes, les hommes ? La passion est plus souvent le lot des femmes : souffrir, supporter, attendre... Et ce qu'on donne à l'amour est à jamais perdu. Cependant, la femme est l'ascèse de l'homme : pour elles, dire « Je t'aime », c'est avoir choisi. Il fut très longtemps sollicité par de nombreuses femmes, mais l'affection, la tendresse, les gestes de l'amour ne sont rien par rapport à l'amour absolu qui isole. La maladie et l'amour c'est un peu comme le pouvoir et l'argent, cela isole ceux qui en sont dépendants, et malheureusement, ils le savent...

Francis chéri,

Un samedi dans la solitude pour moi, mes filles en classe, ma mère et son gendre à la « Baraque », je pense que demain, si le temps s'y prête, nous irons pique-niquer et nous dorer un peu la couenne... Se baigner, peut-être, serait bien agréable. J'espère que mardi sera beau, je crois que nous serons près de toi vers quatorze heures si les visites sont permises à cette heure-là, si tu as besoin de quelque chose tu me le diras à ce moment-là. Tu vas bientôt prendre conscience qu'il y a pour t'entourer de ravissantes infirmières... Celle que j'ai eu au bout du fil, (je l'y aurai bien pendue), était vraiment charmante...

Paru dans « The Commercial Appeal » de Memphis, à l'occasion de la fête des mères :
- Qui dit mère dit bibelot ancien... Et cette histoire qui est tout autant d'actualité :
- Sérieusement contusionné dans un accident de voiture (comme toi), un homme avait refusé de se faire hospitaliser, la compagnie d'assurance insista pour qu'il fasse tout de même un examen de contrôle. Il se rendit donc chez un médecin et exposa, sans aménité le motif de sa visite :
- Entrez-là, dit l'infirmière d'un ton rogue, et mettez-vous torse nu ! S'en était trop pour lui ! Il foudroya la femme du regard et lui rétorqua :
- D'accord ! Si vous en faites autant ! C'est tout toi, ça ! A mardi, au revoir, je t'embrasse doucement pour ne pas te faire de mal...

Je viens d'appeler, je suis retombée sur la même infirmière, toujours adorable, je n'ai pu contenir mes larmes, je crois que ça doit être de bonheur quand elle est revenue de ta chambre et m'a fait part de ton message. Tu dois te rendre compte, maintenant que tu as des lettres à lire, ça va te distraire. Je voudrais te serrer dans mes bras, j'en ai tant envie que ça me fait mal et j'en crève... Mardi, j'essaierai de venir avant quatorze heures, si je peux...Il me tarde tant... Je t'embrasse comme je t'aime. Ne t'inquiète pas si tu constates que l'enveloppe a été recachetée, c'est moi qui l'ai rouverte après le coup de téléphone pour te dire à quel point je suis heureuse que tu ailles mieux et que ton moral soit bon.

Damilou

La phrase du jour : Manet disait :
 - *Un peintre peut tout dire avec des fruits et des fleurs, ou des nuages seulement...*

La souffrance de Christine, lettre d'Anne, 27 juin

Christine arriva à quinze heures avec un bouquet de lilas blanc, l'odeur agréable se répandit très vite dans toute la chambre. Francis pensa : « Je voudrais sentir ce parfum pour l'éternité »... Elle était gaie, comme toujours, et alla droit au but :

- Mes parents et Valérie sont heureux que Frédéric puisse porter ton nom. Par contre, ils ne savent pas comment l'annoncer aux Letellier. Emilie, Javotte et la Bouboulina vont mourir de dépit ! Ils vont bouillir !

- Dire que vu tes mœurs, je suis le roi des préliminaires : une heure à te faire boire et une heure pour te violer ! Ton fils est l'enfant d'une alcoolique et d'un violeur !

Christine se mit à pleurer d'un seul coup... Elle avait subi trop de tension nerveuse depuis les derniers jours, elle cria :

- Tu es ignoble ! Tu me déçois, j'étais follement heureuse depuis deux jours et tu gâches tout avec des mots abominables ! Tu n'as pas toujours été comme ça ! Ton comportement a tellement changé ! Tu es à l'origine de tout cela et tu transformes une belle histoire en farce, tu tiens des propos dignes du Café de la Gare !

- Pardonne moi, je ne me contrôle pas, c'est vrai, je divague, je déconne, je ne sais pas pourquoi... Crois-moi, je suis heureux de reconnaître ton fils, préviens Maxime, qu'il appelle mon avocat et le notaire.

Christine partie, il reprit des calmants pour essayer d'éradiquer ces maux de tête incessants dont il pensait que cela pouvait être l'une des raisons de son curieux comportement... Elle ne méritait pas d'entendre de telles inepties. Il attrapa dans son tiroir une des dernières lettres d'Anne.

Mon doux Francis,

Nous sommes venues te voir mardi, comme prévu, pas de chance ! C'était un jour où tu as subi une opération... Je dis : pas de chance, pour toi ! Car moi j'ai souffert en même tant que toi, pour toi, pour moi, j'en avais besoin, comme un partage ... On peut si peu de chose pour quelqu'un qu'on aime et qui souffre...

Tu ne nous as pas reconnues, tes yeux s'agrandissaient démesurément, tu n'avais pas l'air de savoir où tu étais, qui nous étions, pourquoi tu souffrais tant ! C'était horrible de penser à quel point tu devais être mal physiquement et moralement. Cependant, je suis intimement persuadée d'être entrée en communion avec toi. Tu as, pourtant, dans le vague, répondu à certaines de nos questions, nous t'avons demandé si ta famille était venue ce jour-là, il nous semblait tellement incongru de voir que tu étais seul dans un moment pareil. Nous savons que ton directeur (Maxime, je crois), était là, nous l'avons croisé dans les couloirs.
Il est bon de savoir que quelqu'un s'occupe de toi en dehors de nous et de ta proche famille... Tu as parlé de tes affaires...Tu en es obnubilé ! Mais quand tu iras mieux, tu pourras reprendre tes activités, tu vas rebondir ! Tu pourras bien sûr, t'en sortir, partir te reposer... Je ferai tout mon possible pour venir te voir, je pense que cela sera faisable rapidement. Tu sais à quel point il m'est difficile de me dégager de mes obligations...

Nous serons près de toi en début d'après-midi, j'espère que nous ne serons pas retardées, je suis trop pressée, je voudrais tellement être près de toi le plus vite possible... Cette semaine m'a semblé durer un siècle... J'écoute, en ce moment, assez distraitement, l'ouverture de Guillaume Tell. Ça me bouleverse, la musique classique me fait souvent cet effet, excepté Bach, qui me donne comme la promesse d'une vie future, il est tellement mystique... Je ressens un sentiment d'immensité qui me donne le vertige... J'ai appris que, dans la dernière fugue, le contre sujet est écrit sur les quatre notes : si bémol, la, do, si dièse qui sont, en allemand, représentées par les lettres : B.A.C.H. !

Beethoven m'anéantit, j'ai l'impression qu'il me submerge...Schubert me fait pleurer. Mais toi qui aimes Mahler et beaucoup les italiens : Albinoni, Bellini, Verdi, Vivaldi, quand irons-nous à la Scala de Milan ? J'aimerai l'opéra puisque tu l'aimes! Mais je vais te fatiguer, est-ce le moment de parler de cela ? J'avais juste envie de te le dire? J'ai toujours envie de partager avec toi mes sentiments, mes ressentis, j'aime ton contact, il m'est bénéfique et c'est tellement rare, cette osmose, crois-moi... A bientôt, mon chat écorché...

Ton Anne (!!)

Je t'embrasse tendrement, à lundi, je téléphonerai pour savoir si tu vas mieux... Mort aux yéyés, dit mon chat ! Je serai si heureuse le jour où tu me le diras de vive voix, cela veut dire tant de choses...

Damilou

Une pensée fugace : si l'amour est un vice, c'est un vice plus beau que toutes les vertus...

Comme à chaque fois, Francis était désorienté... Peut-on aimer autant et le revendiquer aussi fort ! Une telle passion lui faisait peur, peur de ne pas en être digne, peur de lui déplaire une seconde fois, il était plein de désirs vagues, mais infinis, de sentiments qu'il ne pouvait exprimer... L'âme obscure du passionné, comme un oiseau qui s'écrase sur le pare-brise lumineux d'une voiture... Il se sentait capable de tout dans un vœu inconscient de chaleur et de lumière, son admiration, son amour pour Anne était sans limite, il souffrait de ne pouvoir agir, il tremblait à la pensée d'être abandonné... Il transpirait d'une peur panique, une angoisse indescriptible de retomber dans le néant, et pensa à ce qu'avait écrit Nietzsche : « Si tu plonges longtemps ton regard dans l'abîme, l'abîme te regarde aussi »...

Ce matin-là, vers 11 h, Francis fut surpris de voir arriver ses amis Marc et Maud de Cercy, accompagnés de Maxime et de leur ami, médecin chef au centre hospitalier de Dijon :
- Si c'est pour l'extrême onction, il manque l'abbé Blanc !

Ils étaient tout sourire et pendant que Maud l'embrassait, Marc lui prit la main et lui exposa le motif de leur visite :
- Francis, tu savais que nous étions en contact permanent avec nos confrères, nous avons suivi pas à pas ta résurrection et nous voulions te voir avant que tu ne quittes l'hôpital ! A part ton état de faiblesse dû, évidemment à l'amaigrissement, et les pansements qui recouvrent ton crâne, tout va pour le mieux, tu vas pouvoir quitter cet endroit et recevoir des soins à domicile. Mais Maxime souhaiterait que tu partes à la nuit tombée, un soir où les sorties sont, en général proscrites et, sauf mon ami ici présent, personne ne sera au courant, nous savons ce que tu risques, il faut prendre toutes les précautions nécessaires...

Marc lui expliqua ensuite les conditions de sa remise en forme :
- Tu dois reprendre au plus vite la marche, dix à vingt minutes le matin, le midi et en fin de journée, avec des béquilles, cela s'entend. Il faudra faire beaucoup d'efforts, et pour ton dos tu devras prendre des bains réguliers et essayer de nager le plus possible.

Francis indiqua les personnes à prévenir de son départ (Anne allait être surprise et surtout déçue, il ne pouvait faire autrement).

Le dimanche soir Bob arriva avec la Cadillac noire, Francis s'installa à l'arrière où la Madone avait prévu des coussins, il s'allongeât au mieux. L'odeur du cuir, qu'il connaissait bien, était accompagnée d'un effluve fugace du parfum de Miren. En fermant les yeux, il revécu des instants magiques avec sa mère, et se dit qu'ils faisaient partie des plus beaux moments de sa vie. Bob prenait la direction de Sombernon, Vitteaux, Précy-sous-Thil...

Il pensa alors à son départ du Moulin pour le collège de Sens, c'était aussi un dimanche, ils étaient partis avec la Buick, le chauffeur s'appelait Marcel, ensuite, et toujours des départs, pour le lycée et l'école militaire... Il était seul, toujours seul... Pourtant beaucoup d'analogie : un changement radical de vie, la perte de vue d'amis très proches, l'isolement forcé... Il retournait à la solitude même s'il allait côtoyer des personnes qu'il connaissait bien. Le rapprochement ne conduit qu'à la métaphore, il ne crée pas... Il avait l'impression de régresser, il allait vite s'ennuyer...

Le jour de son départ pour Sens, son père lui avait dit :
- Sois régulier dans ton travail, étudie, apprend, tâche d'être l'un des meilleurs élèves pour nous faire honneur, et il tourna les talons. Sa mère avait eu un petit geste aimable au cours du repas de midi, le plat principal étant une volaille, elle lui avait réservé les sots-l'y-laissent qu'elle avait soigneusement détachés. Il avait eu droit à un baiser sur le front avant de partir.

Heureusement, pour les week-ends prolongés, les petites et grandes vacances, elle venait souvent l'attendre à la sortie du collège et à chaque fois, le directeur lui offrait un thé et la raccompagnait à sa voiture, escorté de deux ou trois professeurs. Cela lui rappelait le professeur Lemaire qui aimait quelque peu la dive bouteille, cela se voyait « rien qu'à sa trogne », qui commençait souvent ses cours par « nonobstant, subséquemment », et bien sûr, tout le monde l'avait surnommé Nono !

La Buick produisait toujours son effet, à moins que ce ne soient les enveloppes annuelles de Miren, mais quand il revenait, les critiques fusaient. Il se souvint de l'une d'entre elles qui l'avait amusé :
- Comment, ton père est vidangeur et ta mère roule en voiture américaine, avec chauffeur !

L'accueil de Béatrice, Eric et des Letellier fut des plus chaleureux, Nana et Gus étaient tenus en laisse, tous comprirent très vite qu'il allait devoir se reposer. Il hérita de la chambre de Christine située au rez-de-chaussée, calme, avec vue sur le parc. Celles de ses parents étant au début du couloir, il était sous bonne garde. La collation préparée par Béatrice le requinqua, il dégusta avec grand plaisir un petit verre de Bourgogne.

Le lendemain matin, il se leva tôt, prit difficilement une bonne douche, enfila un pantalon beige, une chemise bleue et se dirigea lentement vers la cuisine où un copieux petit déjeuner l'attendait : jus d'oranges pressées, œufs brouillés, tartines beurrées et café au lait. Bob lisait le journal, il lui fit part de quelques nouvelles qui lui semblait importantes. A la fin du repas, Francis, étonné demanda :
 - Frédéric n'est pas là ? J'aurais aimé le voir ! Béatrice, gênée, répondit aussitôt :
 - Il est chez ma sœur, avec sa cousine, Vinciane, mais il va bientôt revenir. Bob proposa une petite balade :
 - Allons faire un tour du côté du verger, tous les arbres fruitiers y sont   fleuris et bien sûr les pruniers dont les cinq pétales de fleurs évoquent les cinq Dieux du bonheur. Ensuite le potager, puis on reviendra par le parc, nous pourrons aller voir vos voitures, Eric ne cesse de les bichonner !

En partant, il s'arrêta saluer les Letellier et but une tasse de café en compagnie d'Eric. Le garçon, légèrement attardé, était toujours vêtu de costumes sombres, réajustés par Emilie, et, comble de l'absurdité, il portait souvent des chaussures vernies... Il arborait fièrement dans sa poche trois crayons à bille, l'un bleu, l'autre rouge et le dernier de couleur verte. Toutes les fins de semaine, Bob préparait son enveloppe : toujours des billets de dix francs, il fallait du volume pour qu'il soit satisfait, des billets de cent l'auraient contrarié !... Le samedi après-midi, il partait à mobylette rejoindre un « tapis-franc » (cabaret mal famé) où la patronne et la serveuse l'aidaient à consommer... son argent...

Les jours s'écoulaient, monotones... Une infirmière, mandatée par Marc, venait tous les deux jours pour vérifier sa tension et faire les injections nécessaires. Fort heureusement il n'avait plus de pansements mais était obligé de porter un chapeau quand il allait marcher. En se baladant, l'air, le vent, la nature tout entière le faisait rêver et des poésies lui venaient à l'esprit comme soufflées par la brise selon ce qu'il découvrait : plantes vivaces à fleurs bleues, roses, blanches, aux cinq pétales à éperons recourbés ...

Le premier quatrain de Clotilde, long poème écrit par Guillaume Apollinaire en 1913, le hantait souvent :

> « *L'anémone et l'ancolie*
> *Ont poussé dans le jardin*
> *Où dort la mélancolie*
> *Entre l'amour et le dédain...* »

Avant de quitter le centre hospitalier, Maxime avait été chargé de porter une enveloppe à Josiane qui devait la remettre à Anne. Francis avait difficilement griffonné quelques mots :

Damilou,

Je pars en convalescence. Tout cela est un peu précipité. Ne viens donc pas mardi... Je ne peux ni te donner mon adresse ni mon numéro de téléphone, c'est ainsi... Continue à m'écrire à la même adresse, le courrier sera contrôlé et me sera remis. Quant à moi, je t'écrirai à Saint-Georges, poste restante. Je dois passer à Lyon bientôt. Je te préviendrai à l'avance. A bientôt, mon Aphrodite. Tu es ma vie, mon soleil.

Francis

Convalescence au Moulin d'Argent, 30 juin

C'était la fin du mois de juin, le soleil passait entre les feuilles et grillait la peau en parcelles, une odeur enivrante de fleurs courait dans l'air du matin. Francis respirait longuement, par à-coups, la tête lui tournait, il s'arrêta devant le Moulin, appuyé sur ses béquilles. En contemplant l'allée bordée d'arbres, il se dit que c'était « le Matin de Juin » de Sisley.

Il remarqua que tous les murs avaient été refaits, les pierres apparentes du Moulin avaient été recouvertes d'un enduit clair qui les faisait légèrement briller. Les fenêtres, les portes ainsi que les grands bacs contenant les buis avaient été repeints d'un blanc crémeux. Il remarquait de-ci de-là des rosiers, des pivoines et ce lilas blanc qu'il aimait tant.

Le bruit de ses pas sur le gravier des allées résonnait dans ses oreilles, il soufflait doucement, avançait posément, commentait ce qu'il voyait (comme un nuage devient pluie, on passe facilement du ronronnement intérieur au soliloque !)

Si je voyais sous ma paupière close,
Je voudrais voir encore le soleil et la rose

Il parlait tout haut, tout seul, essayant de tester son élocution et son niveau de difficulté à parler... Il avançait le cœur plein de l'image d'Anne qu'il voyait en couleur, grâce aux premiers rayons de l'aurore. C'était le début de l'été, le ciel était bleu, d'un bleu uni et dans cet azur de couleur, la lumière semblait fraîche, comme en mai... A cette époque, les arbres fruitiers sont en fleurs, les oiseaux battent le rappel de leurs petits cris aigus, au loin, près des haies, des lapins gambadent.

Nana, suivie de Gus, arrivèrent d'un seul coup sur lui, mais sa démonstration d'amitié faillit le faire tomber. D'une voix qu'il voulait ferme, il tenta de les tenir à distance :
- Calme, les chiens, calme, et il les caressait. Ils l'entouraient comme une garde rapprochée.

Depuis quelque temps, il marchait régulièrement, trois à quatre fois par jour, au minimum vingt minutes, quelques fois un peu plus. Il avait fait plusieurs fois le tour du domaine, avait revisité l'étang, longé la rivière, s'était arrêté à plusieurs reprises sur la plage de sable où Bob lui avait installé chaise longue, table et parasol. Il s'allongeait pour se détendre et surtout pour essayer d'oublier ces maux de tête incessants... On lui avait enlevé les pansements, ses cheveux commençaient à repousser. La cuisine de Béatrice avait aussi fait merveille, il avait repris quelques kilos et des couleurs. Le leitmotiv d'Anne lui revenait sans cesse à l'esprit : « Tu vas avoir le temps de penser beaucoup ! ».

Effectivement, chaque endroit, chaque odeur, chaque bruit lui rappelait des souvenirs. Il s'arrêtait alors et revoyait la scène : là sur la terrasse, c'était les agapes organisées par Miren pour peintres, sculpteurs et autres invités du week-end. Son père disait :
- Voici Miren et son armée de parasites ! Il n'avait jamais rien compris aux affaires...

Bob avait étranglé des poulets, coupé le cou à quelques canards, déshabillé des lapins et Courtes-bottes avait fourni tous les légumes du potager. La Madone s'était occupée de l'ordonnancement, quelques extras avaient été recrutés pour le service, comme à l'habitude. Les vins étaient choisis avec soin et très appréciés (Chablis, Irancy, Nuit St Georges, Volnay...), et les fameux alcools forts, pour la fin de la soirée : Marc de Chablis, Poire William, Cognac X.O., ...

Pendant l'occupation, chacun repartait avec un colis : un poulet, du beurre, des légumes et d'autres avec de bons vins ou un Marc de Bourgogne... Pour ceux qui n'étaient pas présents, Miren faisait remplir le coffre de la Buick ; arrivé à Paris, le chauffeur distribuait les colis. Miren ne réclamait jamais rien, mais de nombreux artistes lui offraient des tableaux, des pastels, et des aquarelles, pour sa collection personnelle...

En pensant à la Buick, des souvenirs d'enfance lui reviennent : la France est coupée en deux par la ligne de démarcation mais Miren parle la langue de Goethe, elle obtient facilement des laissez-passer, elle est donc souvent à Juan Les Pins, s'arrête à Lyon en remontant et passe le week-end au Moulin. Dès le mardi matin, elle repart pour Paris, avec son autorisation de circuler pour sa voiture américaine et ses tickets de carburant, essence frelatée, l'odeur donne la nausée... Il se souvenait d'avoir entendu parler d'un général nazi qui aimait beaucoup la peinture : l'art n'a pas de frontière.

Les cadeaux, outre l'expression de signes amicaux, peuvent se révéler être, à long terme, des investissements. Sa mère fréquentait assidûment des marchands de tableaux, de livres anciens, dont un personnage devînt un familier, Richard Anacréon, ami de Colette, de Françoise La Caze et de Cocteau, entre autres. Il achetait et vendait à Miren des tableaux, il recherchait un Courbet, un Sisley, un Klee pendant qu'elle essayait de trouver un Derain ou un Bonnard. Ils avaient souvent le même acheteur potentiel, l'accord était immédiat : 50/50 sur le différentiel, le liquide circulait, nul écrit, c'était des gens de parole... Richard venait souvent avec son ami André au Moulin d'Argent ainsi que Cocteau, Dunoyer de Segonzac, Derain, Vlaminck et Suzanne Valadon. C'était aussi et surtout pour profiter du potager de Courtes-Bottes et de la cave...

Richard adorait l'Irancy Palotte, et Vlaminck les blancs de Chablis. Certains week-end étaient bien plus tristes, son père recevait des militaires et des politiques. En ces occasions, Miren n'apparaissait qu'à l'apéritif et aux repas, ensuite elle partait faire une longue marche dans les bois avec Francis et Christine afin d'y cueillir des fleurs ou ramasser des champignons. Pendant ce temps, Roland Delugny essayait de faire avancer sa carrière... Député ? Pourquoi pas ! Général de division... Tous préparaient un complot qui allait aboutir en 1958. Dans ce genre d'entreprise, nul ne réussit seul, il faut des colloques, des connivences, être en commandite et surtout en communion, chacun aurait sa part du butin... Roland Delugny rêvait aussi : et ministre ? Mais la magnanimité et la tempérance sont les deux fondements d'une bonne politique et il n'avait aucune de ces deux qualités...

Un des amis de ce dernier, député depuis de longues années, lui donna, un jour, au salon, quelques conseils sur les procédés qu'il utilisait depuis toujours :

- Si tu es élu député, l'an prochain (et tu le seras, j'en suis sûr !), engage deux ou trois bonnes secrétaires, leurs rôles : relever dans tous les journaux et autres publications, les noms et adresses de tous les évènements concernant les personnes de ta circonscription. Lors d'un mariage, un baptême, un décès, un accident, une remise de médaille, une promotion, etc..., envoie une lettre à l'entête de l'Assemblée Nationale avec quelques lignes relatives au sujet, tes secrétaires les concocteront. Fais ajouter deux mots holographes avant de signer, si tu es absent ou qu'il y a beaucoup de courriers à envoyer, fais-toi fabriquer un tampon avec ta signature.

- Si tous reçoivent l'un de mes courriers, beaucoup n'auront pas voté pour moi !

- Qu'importe ! avait répondu le député, qui te parle d'élection ? Ils seront, dans tous les cas, contents d'avoir reçu cette lettre, l'accrocheront, pour beaucoup, à leur porte ou sur leur cheminée pour que l'on sache, tu deviens alors presque un ami de la famille... Pour le décès d'un homme, par exemple, tu écris :

- Madame, j'ai eu l'honneur et le plaisir de rencontrer plusieurs fois votre cher mari, bien que nos idées aient été différentes... C'est évident, la fois suivante elle votera pour toi... Lors des foires ou des marchés, parcours-les avec l'une de tes secrétaires, elle pourra te donner quelques renseignements avant que tu ne leur serres la main :

- Votre mari était un grand homme, un grand résistant ou bien : votre vin est le meilleur de toute la région... Beaucoup ne se laveront pas les mains pendant quinze jours, en souvenir !

Ceux qui viendront te voir pour quelqu'aide que ce soit, note et ne promets rien... Un ou deux mois plus tard, tu envoies un petit courrier, un mot, même au dos d'une carte de visite : votre dossier avance, je ne vous promets rien, mais... Amicalement...

Certains viendront te remercier d'avance avec quelques présents : paniers garnis, remplis d'œufs, de poulets, de légumes et de vins... Laisse la nourriture à tes secrétaires ! Ce sont des primes appréciables !

Ces conseils ne servirent à rien, son père eut sa troisième étoile, et donc, ne se présenta pas... Francis pensa à la phrase du pamphlétaire Paul-Louis Courier de Méré :

« La politique est un bourbier puant où tous les cochons du monde peuvent se vautrer ! »

Il mourut peu de temps après, assassiné, destinée étonnante ?

Arrivé près du Moulin, il leva les yeux et tomba en arrêt sur une fenêtre. Un petit rien et les souvenirs affluent... C'était la fenêtre de la chambre de la secrétaire particulière de son père, Elisabeth. Ils étaient arrivés ensemble, un samedi matin, pour le déjeuner, heureusement deux couples d'amis étaient présents, invités ce week-end là, ils étaient donc huit à table, Francis avait lu dans les yeux de sa mère son amertume et son désespoir... Il avait compris, lui aussi, depuis longtemps, la définition du mot secrétaire. Elle avait parlé à l'apéritif de son général, en le prononçant la langue collée au palais de telle façon qu'on aurait pu penser que cela s'écrivait avec 3 « l » ! Personne ne fut dupe...

Comme toujours les discussions contradictoires s'emmêlèrent et Francis fut bercé par un bruit de fond d'où rien d'intelligent ni d'intéressant n'émergeait. La femme du député ne cessait de regarder Francis en souriant, sans doute pensait-elle qu'il avait beaucoup changé.

Il lui rendit son dernier sourire, légèrement appuyé et quelque peu amusé car il venait de se souvenir d'une anecdote qui datait de près de quinze ans : quant ils arrivaient dans leur superbe traction avant, Francis et Christine étaient là pour les accueillir. À cette époque, les portes de la voiture s'ouvraient à l'avant et les deux enfants pariaient sur la couleur de sa... culotte : « blanche, non rose ! », ils perdirent tous les deux car, ce jour là, elle n'en portait pas !...

Au dessert, il surprit tout le monde en s'adressant à sa mère et non pas à son père comme le voudrait une bonne éducation :
- Miren, puis-je me retirer, si vous le voulez bien, je dois partir tôt aujourd'hui ?
- Mais bien sûr, vas ! À ta guise ! Répondit-elle en souriant.

Francis avait trouvé la faille... Les yeux de sa mère eurent pendant quelques secondes une lueur de contentement et de bien être, ce fut comme irréel, ils étaient de connivence. Le général, vexé, vida sa coupe de champagne d'un seul trait... Francis pensa que la lumière nous vient de la sensibilité, nos yeux reflètent nos émotions, entre la réalité et le plus profond de notre âme et l'intelligence nous aide à créer l'harmonie. Un regard de sa mère et il était heureux de voir briller quelques secondes ses yeux lumineux... Ils avaient en commun d'autres perceptions métaphysiques, Miren disait souvent :
- Il n'y a rien de plus abstrait que le réel ou comment expliquer clairement une idée abstraite ?...

Etre en communion par l'esprit, prédire ou ne serait-ce qu'avoir des prémonitions est sans doute le rêve de chacun.
Francis se souvint d'un jour de février, il était parti de Juan-les-Pins pour Paris, il s'était arrêté à Mandelieu et avait rempli le coffre de sa voiture de mimosas. Arrivé dans la nuit, près de Vézelay, il avait mis les bouquets devant la grille, accompagnés d'un petit mot à l'attention de sa mère. Le matin même, Miren disait à Béatrice, au petit déjeuner :
- C'est curieux, j'ai rêvé que Francis m'avait apporté du mimosa et qu'il l'avait déposé devant la porte...

Elle ne put continuer, Bob était là, les bras chargés de branchages verts aux innombrables petites boules jaunes...

Lettres d'Anne, souvenirs, début juillet

Après s'être longuement égaré dans ses pensées, il rentra et ce matin-là, dans le courrier apporté par Bob, il y avait une lettre d'Anne. Il la prit et alla dans sa chambre pour la lire.

Cher Francis,

Si tu es très nerveux, en ce moment, je le suis aussi... Rien ne va plus dans tous les domaines... D'abord sans nouvelles de toi depuis douze jours, sans même connaître ton numéro de téléphone, je suis allée à la poste tous les jours avec l'espoir d'avoir la joie de te lire... Montrer sa carte d'identité tous les jours, ça crée des liens ! Déception à chaque fois... Je te souhaite de ne jamais connaître ça ! J'en ai vraiment souffert.

J'ai bien pensé t'avoir perdu, que ton accident t'ait changé à jamais... J'ai peur que même cette lettre ne t'arrive pas... J'ai eu si peu de lettres de toi depuis que je te connais que je regrette beaucoup ne pas en avoir plus... Tu as une collection des miennes et ça continue ! As-tu gardé celle d'avant l'accident où il était question de mise au point ? J'y avais mis beaucoup de moi-même. C'est comme si j'avais fait un précieux cadeau et que je n'aie jamais su s'il avait été aimé ou non ... Tu me le diras, si toutefois tu t'en souviens...

Mais relis-la, j'espère que tu les as toutes, moi je les garde, même les petites notes que tu as envoyées par paquets. J'ai besoin de cette preuve (si c'en est une), que je compte un tout petit peu pour toi, si tu savais à quel point tu es important pour moi !

79

Je t'assure que je t'aime énormément plus que tu ne le crois et sans doute beaucoup plus que tu ne m'aimes... Nous nous sommes manqués encore l'autre jour et je suis encore à me demander pourquoi ? Peut-être vaut-il mieux ne pas nous voir puisqu'on nous met toujours des bâtons dans les roues ! J'aurais bien dit roues... flaquettes mais je n'ai pas trop envie de plaisanter !

Je sais pourtant que tu aimes rire et je voudrais te plaire toujours. Pour moi il n'est pas suffisant d'être sage et sans contrainte, il faut continuer à plaire, c'est notre lot, parmi tant d'autres, à nous les femmes ! Peut-être tous ces échecs successifs ont-ils un but ? Ce serait sans doute trop beau que d'être ensemble, si formidable que cela ne nous échoie pas... Le jour où je pourrai te serrer fort dans mes bras sera béni ! Mais quand cela sera-t-il ?

Viens mercredi prochain, si tu peux, si quelqu'un peut faire le voyage pour t'emmener, je serais libre mais il faut que tu m'avertisses par retour que tu es d'accord. J'ai une de mes filles avec moi, il faut que je puisse assurer sa garde. D'autre part, il se peut que j'aie un empêchement majeur, par exemple si ma mère avait la fantaisie de débarquer pour passer la journée ici ! Il ne manquerait plus que ça ! De quoi se taper la tête contre les murs...

Si tu veux, téléphone lundi : si c'est le mari de Chantal qui répond, tu dis que tu as un message pour Claire (comme ça il ne pourra pas se douter que c'est pour moi), mon amie est d'accord. Quand tu as appelé l'autre jour, il est exact que ça a sonné chez Chantal, des voisins l'ont dit, nous sortions juste pour aller à l'épicerie d'à côté... Je ne suis partie que deux minutes et en courant, tu avoueras que nous n'avons pas de chance ! Ce sont des amours bien perturbées que les nôtres...

Je t'embrasse fort, comme je t'aime.

Damilou

NB : si tu ne peux venir ce mercredi, nous ne pourrons nous voir que le lundi suivant ! Ou le mercredi, note bien ces deux jours seuls, libres...

Je t'embrasse encore mon chat aimé,

Une pensée vite fait : le grand malheur c'est d'aimer et de craindre...

Francis resta quelques minutes encore allongé sur son lit, mais il étouffait...Il avait envie de prendre l'air, partir, voir Anne. Dehors, il se dirigea vers la rivière suivi des deux chiens, il n'avait plus ses béquilles mais une petite canne, par sécurité. Il s'arrêta près de la plage et observa, essayant de traduire les frémissements de la campagne dans la lumière.

Lumière d'aurore ou mer opaline, lumière dorée, lumière du soleil, lumière d'orage ou de crépuscule... Après ces jours et ces nuits noires, il appréciait au plus haut point la limpidité de l'air, l'éclat de la lumière, l'intensité des couleurs et cette féerie colorée qui exprime la réalité mouvante de la luminosité qui parsème les bois surplombant la rive, dans une atmosphère humide et limpide, mais qui laisse passer les imperceptibles rayons du soleil. Francis retrouvait là, la lumière et les horizons qui s'accordaient parfaitement à sa perception de l'esthétique...

Il pensa :

- Je n'avais jamais regardé cet endroit de cette façon, je ne l'ai jamais autant aimé et je n'avais pas compris tous les signaux de cette splendide nature.

Il savait maintenant pourquoi les artistes peintres aimaient à poser leurs chevalets dans ce lieu charmant où la lumière est si intense et pourtant si douce, où l'air est si pur et vous remue l'âme comme le corps. Ils s'installaient tôt le matin dans le bain de vapeur de la brume afin de saisir les couleurs naissantes révélées par le soleil.

Francis revoyait ces instants avec mélancolie (surtout les trois merveilleux jours qu'il avait passés avec Anne), maintenant plus personne ne venait, l'animation avait disparu... L'endroit semblait mort, trop calme, dans un silence lourd ... Il se disait :
- Là, tout de suite, quelqu'un va apparaître au détour d'une allée, au coin de la maison des Bresson, derrière le Moulin peut-être le fantôme de Jacques de Molay, dernier grand maître des Templiers...

Mais, non ! Rien ni personne... Une impression poignante de vide et de tristesse. Il se sentait comme enveloppé d'une atmosphère particulière, silence, paix, souvenirs du passé... Francis n'était pas un farouche iconoclaste, évoluer bien sûr, mais doucement.

Il rêva tout haut :
- Demain matin nous allons voir apparaître le veilleur qui, jadis, criait sous les fenêtres :

« *Éveillez-vous, gens qui dormez !*
Et priez pour les trépassés ! »

Les Bresson avaient raison, il fallait redonner vie à ce lieu magique. Des séminaires, des réceptions, une auberge ? Il en parlerait à Maxime dès qu'il serait à Lyon.

Le tourisme était en plein essor avec la construction d'autoroutes et cette région peuplée de châteaux, d'églises et d'abbayes fut pendant longtemps une concentration de piété monastique : Cluny, Vitteaux, Vézelay. Il ne faut pas oublier les Ducs qui régnèrent des siècles, mais ce duché éponyme était sans cesse agrandi par des guerres ou des mariages. Vézelay participa grandement à l'épanouissement catholique français avec des fondations connues, celle de la visitation de Sainte Chantal, sans oublier Marie Madeleine, ce village qui vibre et palpite d'une vive allégresse appuyée sur des siècles d'histoire...

Chaque pays a ses légendes et ses contes. Le Morvan a ses fées, ses vouivres, ses chansons à danser et à boire, dont certains érudits ont fait de bons recueils. Les sobres paysages des vallons de cette région peuvent avoir, avec moins d'emphase, un charme éblouissant, surtout en mai, qui rivalise avec d'autres vallées toutes en demi-teintes au début du printemps.

Il eut une pensée pour cette femme enchanteresse, Anna de Noailles, qui a toujours célébré, exalté Dame Nature, en particulier dans son « Offrande à la nature » :

> *« Je me suis appuyée à la beauté du monde*
> *Et j'ai tenu l'odeur des saisons dans mes mains... »*

Deux jours après, une autre lettre arriva :

Mon Francis,

Je reviens de la campagne, ma mère est partie depuis ce matin avec l'une de mes filles. Depuis ton départ, je ne peux plus supporter la vie... Il faut que je change, que je m'empêche de réfléchir... Je pense à toi sans cesse, tu es partout avec moi. Ces jours merveilleux n'ont jamais eu de précédent.

Quand j'allais te voir à Lyon et que j'y passais une demi-journée, ce n'était pas pareil, je te connaissais à peine. Nous avons beaucoup progressé en ce sens, surtout pendant les magnifiques journées que nous avons passées au Moulin d'Argent.

Il faut se connaître pour s'aimer ... Je n'ai jamais connu cela, depuis presque dix ans que je suis mariée. C'est merveilleux, atrocement merveilleux !

Je n'aurais pas pensé connaître cela un jour. Je voulais t'en remercier, tu ne seras jamais rayé de ma vie, quoiqu'il arrive... Je ne cesserai de t'aimer, il faut que tu le croies, je t'ordonne de le croire. Je ne sais pas aussi bien m'exprimer que toi, peut-être, mais mes sentiments n'en sont pas moins passionnés et sincères. Tu m'es précieux, je ne voudrais pas que tu sois malheureux à cause de moi, à cause de notre amour impossible...

Si tu sens que tu vas vers un chagrin quelconque, ne viens plus me voir... Tu guériras plus vite. Tu es plus jeune que moi, tu as une longue vie devant toi. Marrie-toi, mais pas sans amour, ne fais JAMAIS cela !

J'attends ta lettre, je t'aime et je te le dirais autant qu'il me le plaira, c'est si bon... Si tu ne me l'avais jamais dit, je ne t'aimerais pas aussi fort, je doute toujours de moi... Je te serre très tendrement et t'embrasse comme je t'aime.

Damilou

Ma pensée du jour : peut-on aimer sans espérance ?...

Les sbires de Monsieur Jo arrivent, 2 juillet

Le lendemain matin, il sortit tôt et se dirigea vers l'étang qui formait un miroir en surface, le Moulin s'y reflétait, c'était superbe. Tout à coup, il vit la jeep de Bob qui roulait dans l'allée centrale, il rejoignit la maison des Bresson, escorté par les deux chiens. Bob avait déposé les courses dans la cuisine et ressortait à la rencontre de Francis :

- Francis, il y a là, deux hommes un noir et un blanc, dans une Peugeot 404 bleue à cent mètres de la grille, l'un des deux nous regarde à la jumelle, ils ne se cachent même pas.

Le boulanger m'a dit qu'ils logeaient à l'Hôtel de la Gare depuis deux ou trois jours, vous devriez appeler votre père afin qu'il intervienne le plus vite possible. Francis leva les yeux au ciel et pensa que personne ne pouvait l'aider, il se devait de résoudre le problème seul... C'était à lui de prendre les décisions qui s'imposaient.

- Rentrons, Robert, je vais déjà téléphoner à Maxime, il faut que je me rende à Lyon le plus rapidement possible.

Arrivés au salon, une lettre à l'entête de l'hôtel, postée de Lyon, par Maxime, l'attendait. Il l'ouvrit et reconnut sur la lettre pliée à l'intérieur, l'écriture d'Anne. Il ne voulait pas la lire devant Béatrice et Bob, il la lirait plus tard, au calme. Au téléphone, Maxime ne fut pas surpris :

Jo savais bien qu'ils te retrouveraient ! Ils ne vont pas te lâcher, ils sont payés pour ça... Viens à Lyon le plus tôt possible, tous les documents sont prêts à signer avant de les enregistrer. Je peux t'envoyer un chauffeur et une voiture, mais pas au Moulin, ils doivent surveiller toutes les issues, nuit et jour. Trouve une solution avec Robert, n'en parle à personne d'autre et donne-moi des nouvelles rapidement, nous venons de recevoir de Londres des cartes postales d'Eva une pour toi, une pour le barman de L'Oiseau Bleu, elle a dû en envoyer d'autres.

Francis, retiré dans sa chambre, lut la lettre qu'il venait de recevoir :

Francis le Bel,

Je me plais à imaginer que tu est un chat, tu l'es puisque tu es mon petit chat, (on dit que les chats ont une âme et sont le symbole de la réincarnation). Je me fais plaisir à penser que je puisse me faire toute petite pour me blottir entre tes pattes de velours et tes moustaches (tu les possèdes en esprit), elles me font d'agréables chatouillis partout... Tout cela te parait sans doute irréel, mais avec toi rien n'est simple ! C'est sans doute pour cela que je t'aime autant. Je voudrais te voir plus souvent, et même, être à côté de toi sans que tu ne me voies, sentir ta chaleur, ton amour qui est le rayon de soleil de ma vie (comme je voudrais l'être pour toi aussi !) et non le prétexte à quelque peine, mélancolie ou désespoir...

Je n'aurais pas voulu t'apporter le trouble, si c'est fait, c'est indépendant de ma volonté... Avant ton accident, tu portais des lunettes noires en permanence pour cacher tes yeux clairs mais aussi pour cacher ta tristesse intrinsèque, que tu croyais pouvoir détourner par une activité débordante ... Mais la réussite t'isole ! Tu penses qu'on t'aime uniquement pour cela... Moi non, je t'aime pour rien, je pense que, souvent, derrière tes lunettes, ta tristesse se reflète dans tes yeux, c'est peut-être de la retenue. C'est pourtant bon d'être sensible, c'est un sentiment ignoré par beaucoup, peu d'affection ou d'amour rendent les gens tristes ou méchants, tu fais partie de la première catégorie, voilà tout ! Pourquoi ai-je eu le coup de foudre le jour où je t'ai vu pour la première fois ? Nous sommes allés l'un vers l'autre naturellement, personne n'existait plus, nous étions déjà seuls au monde.

Nous nous sommes déjà rencontrés, j'en suis absolument certaine ! Nous revenons sur terre et retrouvons les êtres aimés... Tu as peut-être été mon fils et m'aimer terriblement, ou bien ai-je été ta fille et tu m'aurais perdue *!* Tu serais alors devenu fou de chagrin et tu m'aurais dit, avant que je ne meure :

- Je te retrouverai, je ne veux pas te perdre, je t'aimerai à jamais...

Ou bien suis-je le portrait frappant d'une femme que tu as adulée et tu as fait un transfert sur moi, son miroir, son double, et nous nous sommes jurés de nous réunir un jour... Nous avons donc fait un grand pas puisque nous avons été, et serons encore, amant et amante (avant que d'être mari et femme, j'en suis sûre, nous nous aimons trop). Tu sais, il faut le croire, les vies se succèdent, la religion n'aurait pas de sens si l'on ne vivait qu'une seule existence et une seule mort...

Jésus a dit : « nul ne sera sauvé s'il ne connaît Dieu », qu'adviendrait-il, alors de toutes les peuplades qui l'ignorent, volontairement ou non ?

On revient, on choisit le ventre de sa mère pour subir telle ou telle épreuve qui nous purifiera, nous élèvera vers Dieu : telle est la pensée védique chère aux bouddhistes et autres religions de l'Inde et du Japon. C'est logique et c'est aussi un grand espoir, comment comprendre l'utilité de la vie sans cela ? Impossible, il y a alors de quoi mettre fin à ses jours... Pourquoi serions-nous sur terre ? Serions-nous des pantins dont Dieu tire les ficelles ? Non, nous avons tous quelque chose à accomplir, cela nous a été dicté et donné de tout temps, c'est la raison pour laquelle nul n'a le droit de s'autodétruire ... Depuis que je crois savoir pourquoi l'on vit, la raison pour laquelle nous avons été créés, je n'ai plus fait de tentative. Nous nous ressemblons en cela, nous sommes tourmentés et si nous avons essayó plusieurs fois d'en finir, c'est parce qu'au fond, nous sommes, non pas pessimistes, mais nous pensions qu'il y avait quelque chose de meilleur de l'autre côté qui abolirait toute souffrance.

C'est une grossière erreur, décider de sa vie, c'est bien, mais décider d'y mettre un terme nous fait faire un grand pas en arrière qui nous éloigne de la béatitude... Après plusieurs centaines ou milliers (qu'en savons-nous ?) de vies successives (et combien peut-il nous en rester ?), nous aurons atteint la pureté.

Tous les grands : Jésus, Allah, Krishna et les autres, ont atteint l'extase, tu le sais. Même les Jogis, à force de méditation et de communion avec leur Dieu réussissent à s'unir à lui, c'est très réconfortant tout cela. Tu ne peux plus dire, comme l'autre jour que tu ne crois pas en Dieu ! Au contraire, tu es fait pour l'aimer et si tu souffres, si tu as souffert, c'est justement pour que dans cette souffrance, tu cherches une issue. Le pourquoi, c'est par là qu'on vient à Dieu, réjouis-toi donc du contraire.

Tu trouveras une femme pour toi, qui est née pour toi, si tu as déjà tant aimé, tu aimeras encore. L'amour est le sel de la vie, on aime pour étancher une soif inextinguible, peut-être l'amour sera-t-il différent ! Peut-être m'aimes-tu autant parce que je ne peux être à toi ! Penses-tu que si j'étais libre, tu aurais autant de sentiments pour moi ? Le risque nous attire, la souffrance même, puisque nous savons bien que nous aimer est nous meurtrir, l'homme est masochiste par nature ! Je serai avec toi, toujours, je te le jure, rien n'est perdu. Nous resterons en relation, quoiqu'il arrive, je te le promets. Nous avons quelque chose à accomplir ensemble.

Je t'aime.

Damilou

Mon plus de ce jour : toutes les amours mènent à un seul, au-delà des amours personnelles, il y a l'amour sans nom... Tes lettres sont merveilleuses, je ne croyais jamais connaître cela, tes anecdotes sont savoureuses, je les répète mentalement, je souris en marchant, les gens se retournent, le bonheur à l'état pur... Ecris plus souvent, je vois tes yeux et ton sourire en lisant tes lettres...

Béatrice et Robert attendaient au salon, ils étaient calmes mais tristes. Ils savaient qu'il allait partir et qu'il y avait danger. Francis accepta un demi-verre de ratafia rouge et le dégusta tout en réfléchissant. Bob prit la parole :

- Pendant que vous vous reposiez dans votre chambre, j'ai discuté avec Eric, et celui-ci, comme le bec cornu (sot, imbécile) qu'il est, a oublié de nous dire qu'il avait parlé avec deux inconnus, samedi dans l'estaminet où il se rend toutes les semaines... Il s'est fait payer à boire et tirer les vers du nez : ils savent que vous êtes là, il leur a dit aussi où vous logiez, il ne s'est pas méfié une seconde... Heureusement, le domaine est clos et les deux chiens circulent tout autour jour et nuit. En outre, mes fusils sont chargés, que comptez-vous faire ?

Francis était désorienté et abattu... Pourtant il s'y attendait, il devait prendre la clef des champs, il mit quelques secondes avant de répondre :

- Nous sommes vendredi, les deux sbires de Jo vont retrouver Eric demain dans son « bac à sable », donc ils auront confirmation que je suis toujours là. Il faut donc que je parte samedi soir ou dimanche dans la nuit... Je vais me montrer samedi, j'irai voir les voitures avec Eric, ensuite je lui dirai que je ne suis pas bien afin qu'il me raccompagne à ma chambre. Pour tous, à partir de dimanche, je serais alité, je me repose, nous gagnerons quelques jours...

Pour partir d'ici, sans être vu, il y a une solution : partir par la rivière, la descendre jusqu'au « Gué Pavé » où Christine pourra me récupérer, qu'en pensez-vous Robert ?

- C'est une excellente idée, ils ne se méfieront pas, moi je reviendrai à pieds, je récupèrerai la barque plus tard, appelons Christine pour avoir son accord ensuite nous téléphonerons à Maxime.

Christine accepta sans problème, elle promit d'être au rendez-vous à partir de minuit, dans la nuit de dimanche à lundi. Francis appela immédiatement Chantal, il lui annonça qu'il serait à Lyon du lundi 5 juillet au soir jusqu'au mercredi 7 à midi, qu'elle prévienne Anne de sa venue, il promit de rappeler trois heures plus tard. Au deuxième coup de fil, il entendait la voix joyeuse de Chantal qui lui annonçait :

- Tout est arrangé, malheureusement Anne a son mari, ses enfants et peut-être sa mère mais elle est folle de joie à l'idée de te revoir !
Elle t'attend à dîner, avec Josiane, lundi soir et tu pourras rester chez eux à la « Baraque » lundi et mardi soir, bien sûr ce n'est pas ce qu'elle aurait souhaité, mais elle était en larmes et ne cessait de répéter : « Peu importe, qu'il vienne vite, qu'il arrive ! Je suis trop heureuse ! »
 - Donc tu te fais déposer chez Josiane, qui t'attend à son magasin.

Francis remercia Chantal qui promit de passer chez Anne prendre l'apéritif. Maxime, mis au courant lui demanda de se rendre directement chez leur avocat, le mercredi à 15 heures, le notaire serait là, tout était prêt.   Le soir ils dîneraient tous ensemble chez son ami Pierre. Sa chambre était prête, il pourrait séjourner à Lyon, quelques jours, sans sortir de la villa, bien entendu... Maxime avait insisté :
- Tu ne viens pas à l'hôtel, ni à L'Oiseau Bleu, il y a tous les jours un homme, voire deux (Dupond et Dupont ?), qui viennent au bar des deux établissements. Fais attention, ils sont partout, rue de Rivoli aussi, et à Juan... C'est l'hallali !

Drame, fuite par la rivière, 4 juillet

De bonne heure, le samedi matin, il fit sa promenade favorite. Le Moulin d'Argent, quand le ciel est léger et la lumière pure, le bâtiment de toutes ses pierres, de toutes ses tuiles, palpite d'une douce allégresse. C'est le lieu des aurores nuancées, des matins lumineux bercés d'une alacrité spirituelle. La pureté de l'aube avec ses fraîcheurs, fait apparaître chaque matin un soleil tout neuf qui donne envie de rêver. Un nouveau jour vient de naître.

Le domaine a ses rosées matinales, dans lesquelles les colchiques se baignent et ses brumes s'estompent lentement pour laisser place à un beau jour d'été sans nuages et sans taches. La luminosité augmente progressivement dans une sérénité toujours renouvelée... Qu'il en soit ainsi jusqu'à la fin des temps...

Il faisait le tour du jardin et du verger, clos de leurs hauts murs couverts de graminées odorantes. C'était un cadre exquis de grâce et de simplicité qui pourrait demeurer des siècles sans que rien ne change. Ces paysages répugnent à tout excès, toute emphase, il pensa qu'il fallait garder cette esthétique, c'est le goût du passé qu'il faut savourer et contempler. Tout au fond, apparaissait un champ de coquelicots parsemé de larges touffes de bourrache violette et de bleuets. Le tout était nimbé de la superbe couleur bleue du ciel... C'était la dernière fois, sans doute avant longtemps, qu'il faisait le tour des lieux de son enfance, quand reviendrait-il ?

Il marchait de long et en large et se reposait de temps à autre. Le vent se leva sans pour autant le dissuader de rentrer, il voulait faire le tour complet du domaine. De loin, il apercevait

Yves Letellier et Eric dans le potager ! « Courtes bottes » disait encore Christine...

Emilie se trouvait un peu plus loin, il fallait aller à leur rencontre pour ne pas les vexer. Après une courte conversation, il se replongea dans sa contemplation : le fouillis d'ombres d'une belle frondaison, le jeu subtil des nuages, le bruit du vent dans les branches, la montée silencieuse du soleil. Le mouvement des roseaux dans la rivière où l'on peut voir les tourbillons dans lesquels les truites sont à l'affût, les petites vagues sur le sable, qui, peut-être charriaient encore des paillettes d'or fin, « les Millions d'oiseaux d'or » de Rimbaud faisaient partie de la féerie... Il faut y croire, avoir de l'imagination, voir de la beauté même dans les moments tristes comme en hiver où la clarté des nuits est bien pâle, mais aussi peu de lumière qu'il puisse y avoir, ce serait toujours bien plus que le néant dans lequel il avait sombré à plusieurs reprises...

Francis était en symbiose avec la nature, appuyé légèrement sur sa canne, il ébaucha un sourire en pensant :
- Y a-t-il des saisons en enfer, des oiseaux, des animaux, de la végétation, des minéraux ? Non, bien sûr, car il y a la fournaise, donc pas d'air, pas d'eau, pas de terre, pas de vie ! Sauf pour les âmes errantes.

Il arrivait à la maison des Bresson, Eric lui tenait le bras pour l'aider à arriver sans encombre. Il avait prétexté une fatigue soudaine et Eric était fier de pouvoir lui rendre service, il se dirigea vers sa chambre pour se reposer. Vers midi il entendit une forte pétarade : Eric allait à son rendez-vous habituel, il passerait le message sûr de lui. Francis pensa : demain, c'est fini, je pars !   Pour revenir... Un jour peut-être.... Il était allongé, l'âme en peine, un poème de Francis Carco lui revint en mémoire :

« *L'heure amère des poètes*
Qui se sentent tristement
Portés sur l'aile inquiète
Du désordre et du tourment »

Il était cinq heures du matin quand il entendit les aboiements des chiens, ils étaient déchainés, leurs hurlements faisaient écho et réveillèrent toute la maisonnée. Les bruits semblaient proches de la chambre de Francis qui entendit tout à coup plusieurs détonations et les cris déchirants de Gus et Nana... Il s'habilla en toute hâte et se retrouva dans le couloir avec Bob, armé d'un fusil de chasse et Béatrice en robe de chambre, tremblante de tous ses membres. Robert se précipita dehors, mais il était trop tard...

Il aperçut de loin, deux individus qui passaient à travers la haie et entendit le bruit d'une voiture qui s'éloignait à toute vitesse. Bob posa son fusil et se dirigea vers le chien, Gus était allongé sur le gravier et gémissait en haletant. Il avait pris une balle dans l'épaule et sa patte droite l'avait lâché, Robert lui parla, le caressa. Yves arriva aussitôt et ne sachant que faire, lui versa doucement de l'eau sur le museau. Pas de Nana à l'horizon...

Pendant que Béatrice s'occupait de Gus, ils partirent tous à la recherche de la chienne. Ce fut Eric qui la trouva dans le verger, couchée au pied d'un cerisier, elle avait cessé de vivre après s'être cognée dans l'arbre et les fleurs blanches étaient éparpillées autour d'elle comme des flocons de neige parsemés de taches rouges... Elle avait reçu un projectile dans le cou, mais c'est le bas de sa tête et ses deux épaules qui avaient été brisées, elle avait dû se trainer pour finalement s'éteindre dans l'herbe fraiche et les fleurs immaculées.

Le vétérinaire le plus proche était arrivé rapidement pour soigner Gus, il parlait calmement à l'animal et le chien levait vers lui ses grands yeux noirs... Après une anesthésie totale, la balle fut extraite et un pansement doublé d'une attelle furent posés sur sa patte malade.

Les gendarmes de Vézelay arrivèrent dans la matinée, ils conclurent rapidement à un cambriolage qui aurait mal tourné... Le brigadier-chef en était persuadé... Nana fut enterrée dans l'après-midi, sur l'île.

Yves avait confectionné un cercueil avec des planches de chêne. Francis y avait posé un coussin du salon pour allonger la brave bête, qui, d'une certaine manière lui avait sauvé la vie... Tous marchaient lentement, silencieux. La nature aussi semblait participer à leur épreuve, la rivière coulait sans bruit, le léger vent de juin s'était calmé, le soleil se cachait derrière un nuage. C'était prenant... On n'entendait aucun oiseau, par mimétisme sans doute...

En fin d'après-midi, Robert proposa un toast au Chablis, comme une célébration en l'honneur de Nana. Francis avait remis ses lunettes noires et scrutait le visage de chacun : non, il n'y avait pas de reproche dans leurs regards. Les deux petites Letellier (Javotte et Bouboulina) pleuraient leur amie de toujours, elles étaient toutes trois nées la même année et jouaient ensemble tous les jours. La Juvaquatre d'Yves avait contribué à leurs amusements pour des balades imaginaires : enfile Nana (monte), descend Nana, file Nana, viens Nana, cours Nana !... La jeep aussi servait souvent de salle de jeux...

Bob osa expliquer le pourquoi de cet évènement au cours du repas où ils mangèrent peu :
- Nous leur avons fourni le mobile par l'intermédiaire d'Eric ! Monsieur Francis est fatigué, il est alité, ils ont dû penser que c'était le bon moment et qu'il fallait en profiter... Mais Eric a sans doute omis de parler des chiens. J'ai regardé la haie, ils ont utilisé une énorme cisaille car ils ont découpé le grillage sur près d'un mètre et scié   les branches de chaque côté, elles auraient pu les gêner pour entrer et sortir rapidement. Un coup sur la tête avec leur outil et vous étiez mort, Francis ! Il s'en est fallu de peu... Les chiens sont intervenus à un mètre des volets de votre chambre, ils ont dû mordre leurs agresseurs qui ont tiré sur les bêtes avant de s'en aller...
- Mais d'autres bandits les remplaceront, ne changeons donc pas nos plans.

Vers 21 heures, Bob fit un somme. Francis l'imita, il était allongé sur son lit mais il n'arrivait pas à dormir. Alors il se releva, entra dans la chapelle et resta plus d'une heure dans le fauteuil à côté de sa mère qui reposait là depuis près de trois ans. Plus tard, il alla au bureau de Miren, ouvrit le coffre et pris des lires, des francs, des dollars et quelques bijoux.

Vers 23 heures, par une nuit sombre, Bob et Francis descendirent la rivière bordée de petits monticules, d'éboulis de granit rose, de rochers émergeants des eaux brunes. Des petits rus apparaissaient, de-ci, de-là et des trouées dans la ramure laissaient apercevoir des chemins étroits et capricieux bordés de grandes digitales au bord des sous-bois profonds où se cachent lapins, renards, sangliers et biches... Francis croyait halluciner, presque tout était gris et noir, seuls des reflets blanchâtres de lune se miraient dans l'eau. Cependant, la vie intense des forêts perdurait : des bruits, des cris étouffés et des souffles légers les entouraient d'une grandiose mélancolie... La descente de la rivière présage d'une prochaine transition et la découverte de nouveaux horizons, on pourrait imaginer voir apparaitre les archers, mais Mandrin a disparu...

Vézelay se profilait, au loin c'était la colline noire alors que de jour on la voyait bleue. Colline éternelle... qui dégage toujours une certaine émotion : près de mille ans d'histoire ! Le prêche des croisades, la rencontre des rois : Philippe-Auguste et Richard Cœur de Lion en 1190, le massacre des moines de la Cordelle. C'est sous les murs de Vézelay, où ont été prêchées des croisades, que les disciples de Saint-François d'Assise, fondèrent le premier couvent, en France, les ruines portent encore le nom de « la Cordelle ».

En 1569, les huguenots dévastèrent ce lieu, les moines périrent dans d'atroces supplices, certains furent décapités, d'autres enterrés jusqu'au cou et assommés au cours d'une macabre partie de boules avec les têtes de leurs compagnons... Alors on se tait, on bloque sa respiration, le temps d'être inspiré, comme les pèlerins d'autrefois...

95

Ni Bob, ni Francis n'avaient prononcé un mot. Ils étaient arrivés au « Gué-Pavé » et aperçurent Christine debout contre sa voiture, elle aussi était en avance. Christine embrassa son père qui lui raconta brièvement la mort de Nana, elle écoutait et ne disait rien, l'âme en peine... Francis prit place dans la voiture, rouge (donc peu discrète), mais ne dit-on pas que, la nuit, tous les chats sont gris !... Christine roulait doucement, la voiture décapotée laissait entrer un vent frais, agréable. Son écharpe flottait au vent, Francis lui conseillât :

   - Fais attention ou tu finiras comme Isadora Duncan, cette célèbre danseuse qui mourut étranglée par son écharpe prise dans les roues de son véhicule... !

Les senteurs de la nuit : fleurs, herbes et foins les éventaient et leurs odeurs rafraîchissantes étaient prenantes...

Il se passa plusieurs minutes avant que Christine n'entame la conversation, pour dérider l'atmosphère, elle commença par lui demander des nouvelles de sa santé :
   - Tu as repris des couleurs, ton visage est moins marqué !
   - Oui, je vais mieux, mais je n'ai plus de désir, je n'ai plus d'érection, je bats la breloque, je suis un légume qui grossit avec le temps, je suis une courgette molle qui finira à la poubelle. Seul mon esprit exprime encore des désirs mais je ne peux les assumer et ce qui est triste, c'est le vouloir, je cherche à sortir de cette situation et je n'y arrive pas ! Je m'étiole... Je passe mon temps à peigner la girafe! Tu sais, être inutile, c'est mourir doucement ...

Christine était perdue, elle prit son temps pour répondre car la situation était grave, elle le savait battant et elle se dit qu'il était en train de dégringoler moralement, s'il continuait, il allait tomber « au bas de l'échelle »!
   - Francis, reprends toi, réagis !
   - Nous serons bientôt à Avallon, comme convenu j'ai réservé deux chambres au « Chapeau Rouge », demain nous partirons pour Grenoble et le soir tu verras Anne !

Il se sentait en situation de latence, il n'était plus rationnel, il ne voyait pas le bout du tunnel...

Séjour aux Cèdres Bleus, 5 juillet

Ils arrivèrent à Grenoble en fin de matinée. Josiane embrassa longuement Francis, sans dire un seul mot (ses yeux parlaient pour elle), la maigreur, les cheveux ras et le teint pâle de Francis l'avaient émue. Ils partagèrent un repas froid, et Josiane, au café, proposa à Francis de venir se reposer au salon. Allongé, il s'endormit rapidement.

Elles eurent une longue discussion, Christine raconta brièvement à Josiane les circonstances de l'accident. Bien entendu, Anne ne devra jamais connaître cette version, Francis s'y refuse afin de ne pas l'effrayer, il tient beaucoup à elle, c'est une obsession, un amour abstrus, elle est la flamme qu'il ne veut pas voir s'éteindre..., Christine précisa :

- Il est dans un état où peu de choses peuvent le perturber gravement, je le sens capable de tout. Pour lui plaire, il est capable de sacrifier sa santé, son bonheur, sa vie...

Anne est son réconfort moral, sa raison de vivre, il est seul et comme je suis sa demi-sœur, je fais en sorte d'influer sur sa volonté car il est affecté par tant d'inclinations, que, s'il est capable de discerner certaines difficultés qui se présentent à lui, quand il s'agit d'Anne il n'a pas de philosophie morale, sa raison et son intelligence négligent l'origine de tous les concepts possibles et il ne s'inquiète pas de savoir s'ils sont à priori ou à postériori, il rêve, je le vois bien. Cependant il doute, c'est évident, je prends mon temps pour le raisonner : avant de connaitre Anne, Francis était un parfait hédoniste qui aimait autant les femmes que les voitures, pourtant, « c'est ne jouir jamais que conquérir toujours »...

J'ai peur de ses réactions et dans son cas, les pouvoirs majeurs de l'esprit se déplacent, il est acerbe, il change de comportement selon des incitations métaphysiques que je ne peux prévoir, ses pensées ne sont pas rationnelles !... Francis est dans des vérités abstraites, colorées de sensibilité qui le pousse, heureusement ou malheureusement, vers les femmes intelligentes... Les autres lui apportent des influences négatives et il les fuit... Il est cyclothymique, donc avec des hauts et des bas... Il est naturellement antinomique, c'est son drame, il n'aime ni les idées toutes faites ni les évidences. S'il le pouvait, il vivrait dans l'imaginaire...

Josiane songeuse, lui répondit :
- En fait, vous êtes son ange gardien !
- Oui, Francis seul, ne pourrait pas lutter ! C'est le cas en ce moment, en désespoir de cause, il se bat contre lui-même et s'autodétruit moralement, cela a toujours été ainsi, c'est la raison pour laquelle je dois le surveiller. Francis a toujours été un être trop sensible, trop fragile, trop imaginatif, c'est un rêveur, ses rêves l'aident à s'évader des contraintes familiales...

Vers dix-sept heures, Christine partit en direction de Lyon pour y rencontrer Maxime, les affaires devaient continuer, même sans Francis, malheureusement.

Avant son départ, Francis se vêtit d'un pantalon noir en alpaga, Josiane lui conseilla de porter une chemise claire, il en mit une bleue, pour ne pas faire deuil et paraitre triste. Josiane et Francis arrivèrent vers 18 heures à Saint-Georges d'Espéranche, le domaine « les Cèdres bleus » était à la sortie du village. Dans la cour, sous les tilleuls, étaient garés deux véhicules. Il reconnut la voiture d'Anne et son cœur se mit à palpiter à tel point qu'il descendit de la voiture en s'appuyant sur sa canne... Elle était là, sur le palier et vint à leur rencontre.

Francis fut surpris par sa fraicheur, ce fut pour lui un instant fugitif mais qui demeurera éternel, il mémorisa chaque mouvement de son attitude : son regard qui se demandait si elle ne rêvait pas, ce frisson dans ses yeux, ce tremblement sensible qu'elle eut en lui serrant la main... Elle était l'image du désir toujours insatisfait, toujours renaissant... Elle s'effaça devant son mari qui lui prit les mains en lui disant :

- Vous revenez de loin ! Soyez des nôtres, vous êtes ici chez vous, Josiane et Anne vont vous choyer comme vous ne l'avez jamais été, et pour commencer nous allons fêter votre résurrection au champagne !

Francis était ébloui par cet accueil, il examinait cet homme, calme et discret, assez grand et relativement mince, des yeux noirs pénétrants et des cheveux courts, un nez busqué, qui souriait chaleureusement. Francis ne s'attendait pas à rencontrer un personnage si agréable... Il l'avait côtoyé à deux reprises : à un cocktail de la galerie de Lyon, et au bar de L'Oiseau Bleu, mais il n'en avait qu'un vague souvenir...

Il comprit alors qu'Anne ne quitterait jamais son mari, il eut subitement un éblouissement comprenant tout à coup la fragilité de l'existence. Apollinaire vint à son secours :

« L'angoisse de l'amour te serre le gosier
Comme si tu ne devais jamais plus être aimé. »

Il avait été heureux de retrouver Anne, mais se sentait battu dès le départ ... Richard, le mari, ne comprenant pas le motif de sa réaction, l'aida à avancer vers le salon et Francis se laissa tomber sur un divan... Fort heureusement, les deux petites filles, Aurore et Florence arrivèrent lentement, elles étaient en retrait mais firent diversion. Ce fut Aurore qui se précipita la première pour l'embrasser, Florence, plus timide, se fit prier mais ensuite ne le lâcha pas jusqu'au dîner.

Anne était nerveuse, perdue. Elle ne savait quelle attitude adopter, comment s'exprimer en présence de son époux. Josiane, comprenant l'absurdité de la situation, déballa les cadeaux amenés par Francis, diverses babioles pour les petites filles et deux bracelets fins, Anne eut droit à une orchidée rouge, et un magnifique stylo plume en argent, Richard reçut un Dupont, Josiane, naturellement, n'avait pas été oubliée : Christine avait choisi un superbe collier de facture moderne, argenté et un autre prévu pour Chantal. Du fait qu'ils étaient tous réunis dans la propriété de la mère d'Anne, à « la

100

Baraque », Francis avait choisi pour elle un pastel de Marie Laurencin. Tous le remercièrent et les femmes l'embrassèrent. Aussitôt le champagne fut servi. Anne et Francis étaient silencieux, ce furent Josiane et Richard qui animèrent la conversation.

Josiane prit prétexte de ce vin, symbole d'amitié, pour faire savoir que, selon la légende, la première coupe de champagne fut moulée sur un des seins de Pauline Borghèse, qui posa dévêtue, presque nue, pour le peintre Antonio Canova. Ce qui déclencha la colère de son frère Nabo ! Certains disent que c'est Marie-Antoinette ou La Pompadour de qui l'empreinte des seins aurait été prise pour fabriquer le moulage de l'objet.

A quel sein se vouer !

Richard prit le relais, il parlait de tout et de rien et finit sur la mode en complimentant Josiane qui portait une robe jaune striée de noir sur laquelle le collier d'argent resplendissait. Il fit savoir que la mini-jupe venait d'être lancée par le couturier André Courrèges, le 1er mars dernier. Anne et Francis échangèrent un bref regard, ils pensèrent au même moment que le lendemain fût un jour mémorable pour eux deux. Après le dîner pris sur la terrasse, les femmes s'éloignèrent afin de s'occuper des deux fillettes qui refusaient d'aller se coucher.

Les hommes échangeaient différents points de vue et la conversation prit alors un tournant particulièrement philosophique : Richard parlait du bonheur d'avoir femme et enfants et de la compassion pour ceux qui n'avaient pas cette chance. Mis en confiance par l'attitude de Francis, il s'épancha :
- La pitié est considérée comme une vertu par excellence, donner aux pauvres et aux mendiants une pièce de monnaie ou un billet, c'est ce qu'on peut appeler la pitié instinctive qui ne sert pas à grand-chose, ces gens ont besoin de concret : un réconfort, un travail et de la considération. Pour les rendre heureux il n'y a pas que le fric, ne donner que cela est un geste égoïste. Il faut être ferme pour les aider à repartir !

- Oui, dit Francis, si l'argent rendait heureux, je le saurais..., il faut vivre avec et pour les autres. Pour sa famille d'abord, ses amis, sa religion, pour ses idéaux et ne pas vivre enfermé muré dans sa tour ... Il faut distinguer ceux qui vivent repliés sur eux-mêmes dans leurs vies intérieures de ceux qui ne vivent que pour les autres, donc dans des vies extérieures à la leur, et qui sont en général des êtres supérieurs.

- C'est un bon syllogisme ! Mais cela ne rend pas heureux pour autant.   Nietzche a écrit ces phrases difficiles à entendre pour des personnes sincères avant tout : « Parce que tu es tendre et juste, tu dis : ils sont innocents de leurs petites existences, mais leurs âmes étroites pensent : toute grande existence est coupable !... »

La plupart des hommes politiques ne pensent qu'à leur carrière mais certains sont impitoyables en vue du bien général, ceux-ci sont rares...

Richard poursuivit :

- Chaque philosophe a la prétention de détenir la vérité mais la vérité est multiple,   chacun en détenant un morceau. Personne n'a jamais su comment les réunir, il y a plus de vérité dans l'intuition des simples que dans les idées souvent erronées des philosophes... Ceux-ci sont souvent des poètes ratés, de simples écrivains qui, quelque fois trouvent un bon mot, une belle phrase, tous n'ont que des langages abstraits...

- Vous le pensez vraiment ? dit Francis.

- Oui, ce sont des gens qui s'arrogent le titre de penseurs mais qui ont juste envie de laisser des traces dans l'histoire... A leur gloire, ils veulent paraître originaux pour se démarquer de l'ordre universel : vie et mort, bien et mal, dans nos esprits, c'est la suite permanente des antinomies... Nietzche était un attendri, qui, comme Saint-Eloi, disait : « il portait sa culotte à l'envers ».

- C'est vrai, beaucoup de doctrines sont des poisons mais nous résistons parce que la volonté de vivre est infinie et indépendante de toute raison. C'est un fait physiologique, l'espérance indéfinie.

102

Richard buvait lentement sa coupe de champagne, Francis prit la suite :

- Les peintres aussi sont des philosophes et des poètes : ils traduisent autrement les vérités.

Van Gogh se suicide à Auvers-sur-Oise ; trois ans plus tard, Munch peint « le Cri » cinq ans après, Lautrec décore « la Baraque » de la Goulue à la Foire du Trône, ce furent des génies insensés parce que trop sensibles...

Gauguin, deux ans après, peint « d'où venons-nous, que sommes-nous, où allons-nous ? »

Ils avaient l'auréole des peintres maudits, ils voulaient peut-être prendre en eux toute la douleur du monde, Paul Klee mourut en 1940 et demanda qu'on inscrivit sur sa tombe, cette épitaphe, que j'ai retenue, car elle est particulière :

> *« Ici-bas, je ne suis guère saisissable,*
> *Car j'habite aussi bien chez les morts*
> *Que chez ceux qui ne sont pas nés encore,*
> *Un peu plus proche*
> *De la création que de coutume,*
> *Bien loin d'en être, jamais assez proche... »*

- Pour ces artistes, pour ces poètes, pour nous aussi, il est nécessaire de chercher du secours dans la philosophie, afin de combattre la fragilité et l'impureté de notre nature... Nous sommes trop faibles pour résister seuls aux contraintes de la vie et la philosophie, la religion, la drogue et l'alcool sont là pour nous aider à durer, peu de temps pour certains, plus longtemps pour d'autres qui finissent par avoir une entière abnégation d'eux-mêmes et se consacrent aux autres pour trouver leur rédemption sur terre.

- C'est votre cas ! » dit Richard en souriant.

- Non, je suis trop faible, surtout en ce moment, trop tendre, mais j'ai de la pitié à revendre, par égoïsme sans doute, pour me persuader que je suis la bonté même et que je souhaite que l'ordre social évolue, il suffit de se rappeler le passé, je rêve qu'un jour les gens simples aient accès à l'art.

- Vous divaguez, Francis ! Permettez-moi de vous contredire, peu de choses ont changé depuis des siècles, à part le progrès : le chemin de fer, l'automobile, l'aviation, la télévision etc...

-   Les nourritures terrestres, la santé aussi, sinon le jeu d'échecs reste le même : tout en haut se trouve le roi (ou le président), la reine (ou la première dame), les cavaliers (députés, sénateurs, préfets ou ministres), les fous (poètes ou écrivains) et les pions (le peuple). Tous se prosternent devant la Reine en Angleterre, le Roi en Belgique, un dictateur en Espagne qui a fait garrotter tous ses opposants... Jamais un recours en grâce... Les premiers ministres ne sont en fait que les premiers violons d'un orchestre, les dirigeants sont les seuls à disposer de la baguette magique, selon les constitutions, mais là aussi, beaucoup dérogent...

- Oui, nous évoluons, c'est logique, mais les écarts demeurent insurmontables : il y aura de plus en plus de gens riches, comme avant, donc de plus en plus de gens qui atteindront le seuil de pauvreté, jusqu'à la prochaine révolution...

Le retour des deux femmes mit fin à cette joute verbale et les conversations revinrent sur la mode, la politique et les mœurs en général.

Vers 23 heures, ce lundi, Josiane prit congé et Francis la remercia pour son accueil et son aide, puis il se décida, lui aussi à quitter ses hôtes. Anne se serra légèrement contre lui pour l'embrasser et lui souhaiter une bonne nuit et Richard le conduisit à sa chambre. Le lendemain, Richard s'absenta toute la journée, mais Anne, entourée de ses deux filles eut du mal à cacher sa tristesse de ne pouvoir communiquer plus intimement avec Francis. Ils avaient tellement envie de se jeter dans les bras l'un de l'autre, mais l'intendante arriva et vers midi, sa mère également, avec son « en tout cas » (ombrelle) pour déjeuner.

Le pastel de Marie Laurencin lui plut et elle décida de l'accrocher au salon, vers la fenêtre qui donnait sur le parc. Après le déjeuner, ils firent tous les trois une marche dans le jardin à l'ombre des cèdres, la mère d'Anne ne cessait d'aborder des sujets délicats :

- Vous avez des enfants ?

- Non, pas encore.

- C'est dommage, car on se doit de donner la vie, perpétuer les traditions familiales, sortir de cette logique est une erreur, ni femme, ni enfant, votre vie est un désert, c'est triste !

Anne s'interposa et dévia la conversation, ils prirent le thé sur la terrasse et Francis s'allongea dans un transat où il sommeilla jusqu'à 17 heures. Richard arriva tôt et demanda à Francis s'il voulait bien l'accompagner dans le village où il devait effectuer quelques achats. Après le dîner, dans le noir, sans vraiment se concerter, ils partirent tous les trois s'asseoir sur une grande pierre qui faisait office de banc, ils bavardèrent tranquillement et entre deux pauses silencieuses, Anne et Francis furent parcourus de frissons au même moment. Leurs mains se touchèrent fortuitement et un éclair les traversa, de part et d'autre ce fut un moment magique...

Le lendemain matin, Christine était là vers les 10 h 30, Anne proposa un café qu'elle accepta. Quand ils se levèrent pour partir, Anne se leva lentement, le visage pâle, les yeux embués de larmes et murmura : « Quand nous reverrons-nous ? » « Bientôt ! Bientôt ! », répondit faiblement Francis. Il partit vers la voiture sans se retourner...Le moment était par trop pénible... Comme toujours, Christine voulait tout savoir, curieuse de nature elle voulait connaître les impressions de Francis sur son séjour à la « Baraque ».

Comme à l'ordinaire, Francis répondit brièvement :

- Oui, j'ai été bien reçu, le mari d'Anne est un homme charmant, très agréable, intelligent et prévenant, les deux filles sont belles et douces mais il avait un petit coup de cœur pour Florence, son regard tendre et ses yeux pétillants de malice... Par contre la mère d'Anne était une bourgeoise avec la mentalité du siècle dernier... Christine insista :

- Anne devait être ravie !

- Oui, mais nous étions désemparés, nous aurions aimé nous rapprocher même sans nous parler, sans rien faire, cela aurait suffi à notre bonheur mais cela nous était impossible... Nous avons communiqué par l'esprit... Nous avons eu l'impression que cela se voyait, que nos pensées s'entendaient. Au fait, trouve à acheter le tableau intitulé « Anne » de Nicolas de Staël, peint à Antibes en 1953, je voudrais le lui offrir (ce tableau est actuellement au musée d'Unterlinden, à Colmar).

- Quand vous revoyez-vous ?

- Je ne sais, ses filles sont en vacances et Richard prend ses congés à la fin de la semaine, cela va être difficile de nous voir plus, et selon Maxime, je ne dois pas rester à Lyon bien longtemps, je compte aller me reposer à Antibes. Ne crains rien, je n'irai pas à l'hôtel, ni boire un verre au piano-bar, bien sûr, « Les Musiciens » me manqueront (c'était le nom qu'il avait donné à son établissement de Juan-les-Pins), encore un tableau de Nicolas de Staël, réalisé en souvenir de Sydney Bechet et de Claude Luther. Tout comme à l'Oiseau Bleu, le tableau était visible dès l'entrée, c'était envoutant et surprenant.

Ils allaient arriver à Lyon, Christine pensa tout haut :

- Pourquoi es-tu amoureux d'une femme mariée ? Tu as pourtant croisé sur ta route de belles jeunes filles et de charmantes jeunes femmes, célibataires ou divorcées, ne me dis pas que seule, cette femme a pu retenir ton attention ! À une époque tu avais des aventures avec autant de femmes qu'il y a de jours dans la semaine !

- Oui, mais aucune n'égalait Anne...

- Mais enfin, Francis, elle n'a rien de transcendant ! Elle a effectivement beaucoup de charme, c'est tout ! Redeviens disponible pour les femmes en général, il y en aura bien une qui saura te rendre heureux !

Francis éleva la voix pour répondre :

- Non, Christine ! Je l'aime au-delà de tout : un regard ou un sourire et je suis comblé !

Christine comprit qu'il fallait arrêter là le dialogue, c'était inutile, sa vacuité le perdait, il avait oublié le sens des valeurs...

106

Passation de pouvoir, Lyon, 7 juillet

Ils arrivèrent en avance chez l'avocat, Luc Martel demanda à lui parler en particulier, ils se connaissaient depuis peu, son père était déjà l'avocat du grand-père de Francis, lui, celui de Miren et maintenant le sien, il alla droit au but :

- Monsieur Delugny, votre grand-père et votre mère ont toujours voulu posséder le plus grand nombre de parts, c'était viscéral, vous êtes propriétaire du groupe à quatre-vingt-douze pourcent. Vous descendez aujourd'hui à soixante-douze pourcent et restez majoritaire mais vous faites un somptueux cadeau à votre ami Maxime en lui vendant à un prix défiant toute concurrence vingt pourcent du capital, cela le met à l'abri du besoin pour de nombreuses années, pourquoi faites-vous cela ?

Francis lui expliqua clairement la situation, le contrat, l'accident, son départ imminent pour les Etats Unis, la confiance aveugle qu'il avait en Maxime qui dirigeait seul la société, aidé de Christine pour les galeries. Il donna également la raison pour laquelle il avait reconnu Frédéric. L'avocat le mit en garde :

- Restez à soixante-douze pourcent, croyez-moi ! Ne descendez pas plus bas si vous voulez rester le seul décideur !

L'assemblée générale fut triste, pour la première fois, le président n'était pas « de la famille », tout le monde chuchotait. Cependant, tous les documents étaient prêts, une croix, au crayon, indiquait à chacun, sous son nom, où il devait apposer son paraphe. Bien que tout le monde soit pressé, il fallut plus d'une heure pour débattre des problèmes juridiques.

La réunion avec le notaire et l'avocat, prit autant de temps, Christine avait les larmes aux yeux... Elle était depuis une heure, Directrice générale et son fils s'appelait dorénavant Frédéric Delugny, il devenait le seul héritier de Francis. C'était pour elle une journée inoubliable. Pendant une bonne demi-heure, Francis s'isola avec le notaire qu'il connaissait depuis toujours, celui-ci, guère plus âgé que lui, était devenu un familier, presque un ami.

Le tutoiement allait de soi : Francis avait préparé une liste de bénéficiaires, s'il lui arrivait malheur. Gilbert Marey en prit connaissance, posa ses lunettes sur la table et se balançant sur son fauteuil lui dit, en souriant :
- Tu te prends pour un Bodhisattva (sage vénéré de l'Inde) qui se sacrifièrent pour le salut du monde ! Mais tu ne pourras pas, car dans leurs engagements figurait de ne consommer ni ail, ni ciboulette, ni oignon alors adieu aux choucroutes de la Brasserie Georges ! Arrête de ne penser qu'aux autres ou retire-toi dans un monastère ! « La Pierre qui vire », par exemple !

Ils plaisantèrent un moment mais Gilbert finit par comprendre la démarche de Francis quand celui-ci lui exposa la situation. Le notaire promit que le testament serait prêt dès la semaine suivante. A la fin de la réunion, l'avocat offrit une coupe de Ruinard rosé, tous trinquèrent à la santé de Francis et tous complimentèrent Maxime, le nouveau Président.

Christine, numéro deux du groupe et mère de l'héritier en titre, quant à elle, était perdue. Elle pensa au principe de Peter :

« Tout individu tend à accéder à un poste où son incompétence se manifestera le plus sûrement, conséquemment, tous les postes subalternes de la hiérarchie tendent à être occupés par des individus qui n'ont pas encore atteint leur vrai niveau d'incompétence. »

Francis s'approcha, l'embrassa et lui dit :
- Tu vois, tout peut arriver ! Sois droite, ferme, ne te laisse pas abuser, je te fais confiance.

Il sourit et leva sa coupe de champagne en remerciant simplement tout le monde. Maxime retourna à l'hôtel à pieds, promettant d'être à vingt heures chez Pierre. Francis repartait avec Christine pour la villa « Snob out » de Pierre et Marie à Ecully.

Il en profita pour s'informer :
- Mes deux anges gardiens sont-ils toujours devant le Moulin d'Argent ?

Christine téléphonait à ses parents tous les deux jours, pour l'instant, c'était statu quo, mais pour combien de temps, le temps qui peut tout emporter...

A l'apéritif, ils étaient tous réunis chez leurs hôtes : Paul et Marie-Claude, amis de Pierre et Marie depuis longtemps (Pierre et Paul, nos deux apôtres de Cluny, disait Francis), Maxime et Christine, Marc et Maud de Cercy. En dehors de Paul, les trois autres s'étaient connus en Algérie mais ne parlaient jamais de cette guerre fratricide, ils en gardaient de trop mauvais souvenirs... On les servit au salon, près de la piscine, encore un champagne, vin de fête, apprécié de tous ceux qui aiment la perfection, l'équilibre et la grâce.

Marie disait :
- Je bois des étoiles, ses milliers de bulles, ses couleurs et ses parfums, mousses blanches et perles fondues.

Christine et Maxime étaient à l'honneur, les toasts se succédèrent avec, bien sûr, une ovation particulière pour la renaissance et la santé de Francis. Le repas fut servi sur la terrasse, après des amuse-bouches divers et variés, une entrée savoureuse : des asperges, ensuite des dorades en croûte au sel, divines... Pierre était un cuisinier hors pair. C'était son hobby ... Les verres se vidaient lentement dans une ambiance feutrée et douçâtre. Une tarte Tatin accompagnée de glace vanille clôturait le repas, Pierre était un adorable Amphitryon.

Les discussions sans fioriture avaient bercé la soirée, on parlait de choses et d'autres ; Pierre changea de sujet en disant à Francis :

- Tu es ici chez toi, n'ouvre à personne, quand nous sommes absents, nage, marche dans le parc et surtout repose-toi.

Maxime prit la suite :

- Ne répond pas au téléphone, n'appelle pas non plus ! Ne sors pas de la villa, ils doivent absolument croire que tu es toujours au Moulin D'Argent. Dans quelques jours ils auront des doutes, ils réagiront ... Le mieux serait que tu quittes Lyon dès la semaine prochaine.

Pierre proposa :

- Je pars en Italie voir des clients, je peux te déposer où tu voudras.

Le départ fut décidé, ce serait le lundi 19 juillet.

Maxime revint sur les règles à suivre :

- Christine partira demain pour Paris sans aller auparavant au centre-ville. Pierre, Marie et Marc viendront au bar, boire un verre et demander des nouvelles de Francis. Attention, il faudra se comporter de la façon la plus naturelle possible, sans jamais regarder à droite ou à gauche, le barman va tout noter pour rendre des comptes, ce Jean-Yves est un cloporte mais il n'est pas idiot ! En ce qui me concerne, je répèterai à tous ignorer vraiment où sera Francis, et que si je l'apprends, je ne l'appellerai jamais, c'est lui qui téléphonera.

Francis, à partir du 20 juillet, nous ne devrons pas savoir où tu es, nous ferons, si besoin est, la liaison avec Christine. Par contre, appelle, tiens-nous au courant et décide de ton départ pour Boston, le plus vite possible !

Tous avaient le regard fixé sur lui :

- Arrêtez de me regarder de cette façon, je me croirais dans un prétoire, devant mes juges !

Ils se déridèrent en un instant et la dernière bouteille de ce vin qui « laisse une femme si jolie après en avoir bu », fut ouverte.

Francis remercia ses amis et après quelques minutes de réflexion leur fit part de sa décision :
- Oui, je vais partir pour Boston et dès que je me sentirai mieux, je visiterai les Etats-Unis. En attendant, je vais aller en Italie pour recouvrer la forme, me reposer, nager et si j'en ai le temps, je reviendrai célébrer mon départ avec Anne.

Christine souriait, sereine.
- Tu as pris une sage décision, j'avais peur que tu ne veuilles rester en France, ils auraient fini par te retrouver ! ...

Les jours suivants, Francis s'en tenait à son plan, il ne sortait pas de la propriété, il lisait, marchait dans le parc, faisait des allers-retours dans le bassin. Pierre lui concoctait de délicieux repas, arrosés de Bandol rosé, vin parfumé et léger. Maud et Marc venaient de temps en temps boire un verre, Maxime refusa de venir, la surveillance semblant s'affirmer depuis la fin de la semaine.

Lettre d'Anne, départ pour l'Italie, mi-juillet

Un soir, Pierre lui remit une lettre d'Anne, avant d'ouvrir, il pensa à un poème de Rimbaud, décidemment, cette femme le rendait lyrique :

> *« Vous êtes amoureux, vos sonnets la font rire,*
> *Puis l'adorée, un soir a daigné vous écrire... »*

Francis,

Ça fait longtemps que tu es parti, c'est odieux ! On est écrasé par la solitude, le vide que tu as laissé nous provoque de douloureuses crampes stomacales, des pieds plats, des nez creux, des langues pointues, des cous montés, des genoux cagneux, des tables décalées, des bols recollés, des « oeils » torves, des rats musqués, des saoules enfarinées, des anachorètes en désuétude, des lunes de miel, des ponctions lombaires, des décalcomanies, de « décrochez-moi-ça », des entre chien et loup, des épistaxis, des ratons laveurs, dès potron-minet, des m'as-tu-vu, des fesse-mathieux, des festoiements, des tutoiements incoercibles, des chaussées déformées, des églises réformées, des dos d'âne, des pisse-vinaigre, des oignons plantaires, des yeux de perdrix, des ongles incarnés, des pléonasmes, des cheveux fourchus, etc., etc., et cætera, et cetera...

Et encore, sans parler des extases subjuguées, des impressions sur coton, des idées au beau fixe, des rapetissez-moi ça, des propos décousus, des fils en aiguille, des canettes au berceau, des points de suspension, du vague à l'âme, du bonnet d'âne ....

Si bien que le Shah, la Bégum et la baronne ont décidé de pied ferme, de pousser la rigolade jusqu'à échouer, corps et biens à Lyon où réside le tant vénéré, l'indémaillable Francis, point de riz, une à l'envers, deux à l'endroit, Richard et ses associés sont en rendez-vous d'affaires ce mardi, en compagnie d'un homme de loi, pour les assister dans la discussion du lavage de leur linge sale, qui, pour une fois ne se fera pas en famille ! Je tâcherai de te joindre dans la semaine, donne à Chantal un numéro où t'appeler, je ne peux pas te dire quand, je pleurerai...

Damilou

Quand pourrai-je, sans crainte te regarder partir ?

Francis fit ses adieux aux amis le dimanche 18 juillet, un repas simple, pris en terrasse. La surveillance du Moulin avait cessé, les gorilles de Jo étaient nerveux, André avait laissé le message suivant :

- Attention, tous les moyens ont été mis en œuvre pour résoudre le problème le plus vite possible...

Pierre et Francis quittèrent Lyon, le 19 juillet, en début d'après-midi, direction l'Italie. Pays merveilleux qui a très largement influencé la culture européenne tout entière, pendant des siècles, son développement culturel a été un moteur de progrès, les bases de la finance et du commerce. Beaucoup d'artistes y ont marqué, pour toujours l'histoire de l'art...

Ce fut à Florence que Charles VIII de France expulsa les Médicis mais tous voulurent qu'ils reviennent et la cité du lys rouge est toujours un centre artistique. De Florence, pour aller à Pise, on s'arrête au petit bourg de Vinci, dans le val d'Arno (où naquit en 1452 le célèbre Léonard qui fut peintre, sculpteur, architecte, philosophe, ingénieur, et un précurseur des sciences nouvelles), ensuite c'est Pise dont le siège au XVIème siècle, dura quatorze ans, enfin la route pour Rome, dont les vestiges antiques attirent tant les artistes.

La ville de la Dolce Vita fut soutenue par certains papes comme l'illustre Julien Della Rovere (Jules II). Il semblerait qu'il aimait à taquiner la dive bouteille, et on disait de lui que, passé midi, sa béatitude se trouvait dans les vignes du seigneur. Il fit beaucoup pour l'art, comme Léon X, fils de Laurent le magnifique (pape à 38 ans), qui fut un grand mécène. A vingt ans, Vinci fut inscrit comme maître à la guilde des peintres (compagnie de St Luc), il fit mieux que son professeur Verrocchio. Ce Florentin décida alors de ne plus toucher un pinceau, c'était sa façon de s'incliner, l'élève ayant dépassé le maître... Le génie réalisa alors : l'Annonciation, la Belle Ferronnière, la Vierge aux rochers, puis il fit le portrait de la femme de Zanobi del Giocondo - la Joconde, Mona Lisa - et bien entendu celui de Sainte Anne. Il mît quatorze ans pour réaliser ce tableau.

Le soir, dans les auberges italiennes, dont les tables sont souvent nappées de carreaux rouge et blanc, Pierre et Francis se régalent de la cuisine du pays, elle est douce et généreuse et les vins rouge leur montent à la tête...

Francis fatigué du voyage, se détend et se laisse aller à des rêveries profondes sur les peintres et leurs phantasmes... J'aime beaucoup Le Caravage, c'était pourtant une canaille pieuse, pétri d'orgueil... J'aurais adoré vivre à l'époque du Quatro Cento ! Connaître Carpaccio et sa « légende de Sainte-Ursule »...
Nous avons quand même attendu trois siècles avant que n'arrive l'impressionnisme ! J'aurais connu Cosme De Médicis, dont les comptoirs pullulaient en Europe et au Moyen Orient, et naturellement, son petit-fils : Laurent le Magnifique. Pierre avait un sourire contradictoire :
- Francis, il n'y avait pas que des saints à cette époque ! Ce n'était pas le paradis ! , à Rimini, Malatesta était un brigand (même s'il aimait l'art), Ferrare tremblait sous le joug de la maison d'Este, cette famille était cependant entourée d'artistes.

Milan n'était pas non plus une ville épargnée, les Sforza y faisaient enterrer vivants leurs ennemis !

Par son regard tendre, mélancolique, son léger sourire pensif et mystérieux, la Joconde est la plus admirable représentation de l'éternel féminin... Le charme des peintres c'est d'avoir des esprits changeants, avides de formes nouvelles, ils ne sont plus aux ordres de l'église, d'une liturgie ou d'une théologie comme dans la peinture romaine. A l'époque, il fallait faire apparaitre la transcendance du destin chrétien. L'art est figé, les personnages sont statiques, ils ne donnent pas l'impression de pouvoir se mouvoir, le vent ne semble pas les ébouriffer, on n'exprime rien, ils ne sont pas pris dans l'action...

Ah, l'Italie ! Ses variétés de paysages, ses couleurs, ses fruits et ses fleurs... Un matin Francis a parcouru le marché de Florence, regardé ses personnages et humé ses odeurs typiques... La traversée de la Toscane, un arrêt à Sienne, ville de naissance de dynasties entières de banquiers italiens, où vécut et mourut Jean 1er le Posthume, Roi de France, longtemps ignoré par l'histoire...

Arrivé à Rome, Francis se promena avec sa canne en faisant attention aux pavés des rues et ruelles. Par ses trésors artistiques et historiques, Rome est la capitale culturelle de l'Europe, elle respire la joie de vivre, l'élégance. La Via Condotti et la Via Del Corso accueillent nombre de boutiques de mode et de joaillerie.

Rome avait été l'énorme truie qui se vautrait... Lieu de décharge, soue pour les cochons, pâture pour les moutons jusqu'en 1871 où Rome devint la capitale de l'Italie, le patrimoine fut sauvé ! Au-dessus du Forum, c'est le Palatin : sept collines qui surplombent Rome, quartiers composés de palais et de temples, de spacieux bains publics : les thermes de Caracalla avec eau froide et chaude, bains de vapeur, salles de massages et de sport, bibliothèques, salles de réunion, ces lieux étaient accessibles à tous, même aux esclaves. Près de la Via Appia, ce sont les catacombes de Saint Calixte (pape Calixte), le cimetière réparti sur quatre étages. Sur la rive droite du Tibre : le Champ de Mars, l'empereur Hadrien y fit construire un colossal sépulcre, ensuite ce fut le château Saint-Ange, qui communiquait avec le Vatican, résidence des papes, site militaire et prison.

Francis s'arrêta dans un bar, il n'en pouvait plus, il avait failli tomber, sa tête tournait, il pensait en alternant peintures et souvenirs : Anne, il voyait Anne, mais l'on pouvait voir Anne partout : la mère de la Vierge Marie était représentée dans de nombreux tableaux... Anne ! Est-elle cette femme brune qui regarde une vitrine ? Non, c'est cette femme mince et élégante qui marche dans cette allée arborée, non, c'est peut-être celle-ci... Il a beau fermer les yeux, elle est comme ancrée dans ses souvenirs, dans sa désespérance... Cela fait plus de huit jours qu'il parcoure l'Italie. Les trajets et la marche ont eu raison de lui, il est fatigué... Le soir il se couche tôt après sa prise de médicaments, mais ses maux de tête sont lancinants et ses rêves deviennent fantasmagoriques...

Pierre, ayant visité une grande partie de ses clients, décide de rentrer à Lyon. Francis lui demande de bien vouloir le déposer à Sanremo où il aimerait se reposer quelques jours. Chemin faisant ils s'arrêtent à Orvieto voir les fresques de Signorelli dans la cathédrale de Pérouse, admirer le site du Collegio del Cambio, puis à Arezzo, visiter son église San Francesco, un passage à Florence voir l'église des Carmes, le palais Riccardi et les fresques de Gozzoli : nuances de clair et de foncé sublimes : rouge, vert, jaune, chair, accompagnées de noir et gris. C'était le printemps de la vie à cette époque, en France : c'était la Danse macabre de la Chaise Dieu...

En le laissant à San Remo, Pierre lui inscrit sur une carte de visite, le nom et le numéro de téléphone de l'un de ses amis, commissaire de police à Nice, Louis Petrazzinni, d'origine italienne, (son grand-père arriva à Nice à l'époque où certaines villes du sud de la France étaient encore italiennes, vers 1860). Il débuta sa carrière à Lyon avant de se faire muter dans le sud où il compte prendre sa retraite.

116

- Appelle-le, va le voir de ma part, si besoin est, il connait bien le SAC, il peut éventuellement t'aider, je vais le prévenir, c'est un vieil ami, un homme intègre.

Francis rangea précieusement le bristol et promit de prendre contact.

Retour de Francis en France, lettre d'Anne, fin juillet

Deux jours à San Remo et il s'ennuyait terriblement. Il appela Christine, qui, bien sûr, commença par lui asséner des reproches :
- Ah quand même ! Dix jours sans nouvelles, mes parents ont reçu une carte postale de Parme, moi une de Rome mais pas un coup de fil ! Tu exagères... Comment-vas-tu ?

Francis la tranquillisa à ce sujet, sans omettre de signaler tout de même une extrême lassitude. La réponse ne se fit pas attendre :
- Tu es fou, tu es en convalescence et tu roules tous les jours, tu visites à fond l'Italie et tu es surpris d'être fatigué ! Tu es incorrigible ! Mon père dirait de toi que tu es un frétillon (agité) !

Il laissa passer l'orage et lui demanda de venir le chercher le plus vite possible :
- Viens avec ma Lotus Elan, j'aurai au moins un véhicule pour me déplacer à Antibes.

Le lundi 2 août, Christine était là dans l'après-midi avec son Austin Healey rouge ! Pas de Lotus... Francis était furieux ! Elle s'expliqua :
- Maxime s'y est refusé, il a raison ! Si j'étais venue avec ta voiture, les sbires de Jo auraient pu la localiser, ils ont la liste et les immatriculations des véhicules que tu peux utiliser... Si tu veux, je te dessine une cible, dans le dos, avec tes nom et prénom ! C'est plus rapide qu'une voiture !

Il hochait la tête en signe d'assentiment, il admit en son for intérieur qu'ils avaient raison... Christine le rassura :

- Je te dépose à Juan et repars à Paris en avion, tu garderas ma voiture, souris et dis merci ! De toute façon cela m'arrange, je vais revenir dans le coin rapidement avec Valérie qui me conduira. Ah ! Je te donne une lettre d'Anne qui vient d'arriver, tu dois être heureux d'avoir des nouvelles.

Pendant qu'elle roulait en direction de la frontière, il parcourut la missive :

Francis, tout court,

Je suis arrivée à Saint-Georges hier et j'ai eu ta carte d'Italie, cela m'a procuré un immense plaisir... Je suis devant mon petit-déjeuner, il est seulement sept heures, je suis levée depuis six heures, pas moyen de dormir, je suis un peu comme toi, je suis tourmentée la nuit... J'espère ? Je veux et j'exige que tu te reposes le plus possible ; sois chaste et solennel (je trouve que ces deux mots font merveille ensemble !) Les filles parlent de toi... J'aime à ce que Florence prononce ton prénom... Te souviens-tu de ton séjour, ici, à Saint-Georges ? Tu étais très étonné que je désire bavarder dans la nuit ! Nous sommes allés nous asseoir tous trois, il faisait nuit, et après s'être accoutumés, nous nous devinions à peine... Ce fut une sensation étrange et cruellement intense... Nous étions médusés, comme si nous étions entrés dans l'irréel... Tu dis, du moins tu l'écris : tu ne m'oublieras pas... Je pense que je commence à le croire... Quant à moi, il y a longtemps que j'en suis convaincue...

Je me demande d'où vient ce lien secret, inconnu, mystérieux ... Qui avons-nous pu être ? Te souviens-tu de ce que Claire avait vu dans ta main, c'est une pythonisse ! Pourvu qu'elle se trompe... Je vais arrêter mon blabla (qui en fait n'en est pas un, d'ailleurs, puisque je suis sincère...) J'aimerai que tu me donnes tes impressions détaillées sur les deux journées que tu as passées ici et celles que tu as gardées de moi, moi, moi, moi... Mes pensées vont toutes vers toi. Reviens-moi vite,

Damilou

Ce jour, je pense : tu es tout seul, tout mon mal et mon bien, avec toi tout, et sans toi, rien...

Arrivé à Juan-les-Pins, Francis retrouva le soleil, cette luminosité qui donne des idées de paradis. Elle fut si bien représentée par Cézanne et bien d'autres artistes : la côte sauvage avec ses rochers, l'écume des vagues, ses paysages colorés par la mer et le ciel si bleu, ses parfums exhalés par les plantes méridionales, cette chaleur qui donne envie de s'allonger dans le sable chaud, sous le firmament... Cette harmonie tend à nous rendre heureux, qui n'a pas aimé les senteurs portées par le mistral !

Mangio-fango, nom provençal du mistral : mange la boue, c'est un vent sec qui purifie l'atmosphère et qui pourtant nous saisit et nous gèle, quelquefois, mais que serait le midi sans lui... Que serait-il sans sa flore innombrable : les oliviers, les amandiers, les cyprès, les pins, les arbousiers et tous ces mimosas... Le reflet des rayons lumineux dans l'eau, un peu comme au Moulin D'Argent... L'eau est précieuse en Provence, elle est si rare, c'est de l'or : « l'aigo es d'or ». Dès qu'une source jaillit d'une fontaine après avoir jalonné dans son parcours la garrigue et les multiples villages, il apparait, même sur les sols les plus calcaires, la lavande, le thym et le romarin, la sarriette, les bruyères et les champignons d'été. Plus haut, en montagne, les chênes verts et les chênes-lièges se mêlent avec tous les différents résineux que compte la région. Qui ne s'est pas imaginé un repas après avoir respiré les senteurs d'un marché de Provence ?

Sortons du marché, allons écouter le bruit incessant des vagues et des embruns accompagnés du chant des mouettes. Les cigales cachées dans les pins se font entendre à leur tour, sur le rivage et dans les terres.

La Côte d'Azur a souvent été adulée et représentée, que ce soit en peinture ou en vers, par exemple par Arthur Rimbaud :

« A quatre heures du matin, l'été,
Le sommeil d'amour dure encore.
Sous les bosquets, l'aube évapore
L'odeur du soir fêté.

Francis arrivait au « Provençal », célèbre hôtel appartenant à Florence Gould, (d'origine française par ses parents, nés dans le Gers), Miren l'appelait Florence Lacaze, du patronyme de son père. Elle avait épousé un Américain et avait rapidement divorcé pour épouser un second Américain richissime : Franck Jay Gould (dont le père avait fait fortune dans la construction des chemins de fer de la grande Amérique). Elle était souvent présente à « la Vigie », sa villa particulière. De là, avec soit son yacht, soit son Riva, elle se rendait à sa villa de Cannes « le Patio ».

Miren lui avait vendu un certain nombre de tableaux, de façon un peu originale : Florence arrivait à la galerie, regardait rapidement l'exposition et la responsable devait noter le temps passé devant une œuvre. Miren lui faisait ensuite livrer deux ou trois peintures Boulevard Suchet ou Avenue Malakoff (endroits où elle vécut de nombreuses années) accompagnées d'un petit mot :
- Chère amie, ils vous ont plu, je vous les prête pour quelques mois, comme il vous conviendra, je vous embrasse affectueusement, Miren.

Souvent Florence envoyait son chauffeur ramener un tableau qu'elle n'aimait pas, et un mois ou deux après, sa secrétaire arrivait avec le carnet de chèques ou une grosse enveloppe et l'affaire était réglée, elle repartait avec les certificats d'authenticité...

Miren n'était jamais pressée, elle avait conclu des accords avec certains directeurs d'hôtel qui avaient pour consigne de s'enquérir des goûts, en matière de peinture, de leurs clients les plus fortunés. L'employé qui réservait s'empressait alors de donner toutes les indications pour la décoration de la suite ou de la chambre. Certains pouvaient avoir des goûts très éclectiques : Miren faisait alors un assortiment de tableaux émanant de plusieurs mouvements artistiques et les faisait livrer et installer avec un bristol où elle annotait simplement :

- Ces tableaux vous ont été gracieusement prêtés par la galerie... Pour vous être agréable...

Ceux qui le souhaitaient pouvaient même avoir une exposition privée, dans leur suite. Elle repartait avec ses collaborateurs ayant laissé un livret avec photos des tableaux, commentaires et prix de vente proposés, certains réalisaient alors leurs achats via des sociétés offshore. Le directeur de l'établissement avait sa prime en liquide, Miren et ses enveloppes !...

La suite que Maxime avait réservée à son nom, disposait de deux chambres, d'un grand salon, d'une immense salle de bains et d'une terrasse avec vue sur Juan, Golfe Juan, Cannes, La Napoule et légèrement sur la gauche, on pouvait apercevoir le Cap d'Antibes. Christine serait bientôt à la galerie rue d'Antibes, la responsable avait été heureuse d'apprendre par Maxime qu'elle pourrait prendre ses vacances en famille cet été, le bonheur à l'état pur... Valérie devrait descendre huit à dix jours, tout le monde semblait heureux...

Francis à Juan-les-Pins, début août

Francis souffrait de toutes parts, physiquement, bien sûr, mais surtout moralement, les lettres d'Anne semblaient le détruire peu à peu... Il pensait au philosophe Pascal :

« Le plaisir des grands est de faire des heureux... »

Il se disait :
- Malheureusement, je ne suis grand que par la taille, pour le reste je ne suis rien, un mélancolique chronique, un imbécile qui souhaiterait être heureux, un rêveur dont les phantasmes ne peuvent s'accomplir...

Après quelques heures de relaxation, il décida d'aller saluer un ami de sa mère, retiré à Juan, Richard Anacréon, marchand d'art : livres anciens, tableaux, bronzes, statuettes. Ami de Colette. il s'occupe de l'ordonnancement de la bibliothèque de Florence comme il l'avait fait pour celle de Cocteau, à Milly la Forêt. Il lui offrit des manuscrits de Colette, des épreuves et des correspondances, dont le premier tirage du « Cimetière Marin » de Paul Valery.

Il avait, avec son vieil ami André, un appartement en sous-sol dans la villa Wilson avec un jardin privatif, vue sur la mer sur le devant et à gauche vue sur les plages privées et le square Gould. Il ouvrit la porte à Francis en robe de chambre et cligna des yeux :
- Mais c'est le petit Francis ! Viens voir, c'est l'Apollon du Pirée, c'est Phébus en balade ! Tu as minci et tu es tout pâle, entre, nous avons un de tes vins préférés, un champagne d'Ay que ta mère adorait, ça fait trois ans déjà que tu nous recevais au Moulin D'Argent ... Miren était la seule femme d'affaires que j'adorais pour ses réparties, elle avait un sens inné du

123

commerce, une grande conscience professionnelle et elle était fidèle en amitié, jamais nous n'avons eu de sujet de discorde... Ah Miren...

A Paris, dans les années quarante, il y avait disait-on, trois Marie : Marie-Blanche de Polignac, Marie-Laure de Noailles et Marie-Louise Bousquet qui recevaient dans leurs salons, mais en fait il y en avait cinq ! Ils avaient oublié ta mère qui recevait merveilleusement bien, que ce soit dans la capitale ou en province et Marie Laurencin qui recevait toujours le même groupe d'amis, elle faisait partie de la bande à Florence ...

Miren achetait à Marie-Louise des manuscrits rares, elle rencontrait chez une autre, peintres et écrivains. C'est ainsi qu'elle se diversifia et avec l'hôtellerie elle commença à ouvrir sa première galerie, c'est à une de ses réceptions qu'elle connut Florence et qu'elle vint, comme moi, à Juan...

Mais dis donc, cela fait deux fois que nous nous retrouvons à des enterrements ! Tu viens enterrer ta vie de garçon ? Fini le célibat ! Ou tu viens seulement faire la fête sur la côte ?

Francis parla brièvement de son accident et donna comme motif, le fait de loger au « Provençal », qu'il voulait être seul, se reposer et tourner la page... En parlant, il sourit, il pensait à Richard, il y avait une quinzaine d'années... Il était venu avec sa mère pour le voir. Celui-ci, ce jour-là, devait être mal luné car un client de passage consultait un livre ancien qu'il souhaitait acquérir et de loin il apostropha Richard et lui demanda :

- Combien pour ce livre ?
- Trois mille francs, répondit-il
- C'est bien cher ! dit le client qui voulait simplement négocier.
- Ah, mais Monsieur ! Ici on ne vend pas aux pauvres !

Francis et sa mère étaient gênés... Le « pauvre » posa son livre et s'en alla...

Le lendemain vers onze heures, il traversait le square Gould (don fait à la commune d'Antibes), et arriva à Bikini Beach (nom d'un atoll du pacifique qui donna son nom au fameux maillot de bain) qu'il avait fréquenté deux fois, la première en

1960 pour le premier festival de jazz, et en 62 après avoir quitté l'armée pour être seul après le décès de sa mère.

Le plagiste fut surpris de retrouver Francis qu'il reconnut immédiatement :
- Bien que vous ayiez changé, je vous ai tout de suite reconnu à votre allure !

Francis prit un abonnement pour deux matelas, un parasol et une cabine dont il paya une semaine d'avance et laissa un bon pourboire. L'eau salée lui fit du bien, il se laissa porter par les vagues et sentit que les douleurs du dos, des hanches et de sa jambe s'estompaient peu à peu. Marc avait raison, se baigner et nager lui ferait le plus grand bien. Vers seize heures, un photographe ambulant proposa un tirage, la réponse de Francis le surprit :
- Non, Aldo, je suis ici incognito !

Le portraitiste mit du temps avant de le reconnaître :
- Monsieur Francis ! Ça fait presque trois ans que vous n'êtes pas venu ! Vous êtes ici pour affaires ? Votre mère avait un hôtel, je crois.
- Aldo, pas de monsieur, appelez-moi Francis !
- Monsieur Francis ça fait un peu tenancier de maison close !
- Oui, pour l'hôtel, n'en parlons pas, je suis simplement en vacances.

Ils bavardèrent un bon moment, Aldo était au courant des potins qui couraient de Cannes et à Monaco mais il avait une surprise pour Francis qu'il échangea contre une bière :
- Vous aviez sympathisé avec une Suisse, une brune pour le premier festival de jazz, vous en souvenez-vous ? Vous aviez mugueté (faire le galant auprès des femmes) me semble-t-il !
- Oui ! Parfaitement ! Son prénom est Anita, et alors ?
- Eh bien, elle est ici ! À l'hôtel Juana, elle a un fils, elle est là tous les matins, son mari arrive seulement pour le week-end, c'est un industriel hollandais.

En retournant au Provençal, il fit un détour par l'hôtel Juana, et avec le prénom et un petit billet glissé en sous-main, il obtint le nom d'Anita, assidue de cet établissement. Il s'arrangea avec le réceptionniste pour lui faire livrer un bouquet de vingt-trois roses rouge le soir même, il griffonna quelques mots au dos d'une carte :

- En souvenir de moments merveilleux passés ensemble avec Fats Domino et ses musiciens... F. D.

Flirt de Francis, lettre d'Anne, début août

Anita l'attendait à la plage le lendemain, il arriva vers 10 h 30, il avait très mal dormi, elle avait peu changé, mince, toujours aussi brune, de magnifiques yeux noirs, elle sourit, le voyant arriver :

- Je savais que c'était vous ! Se rappeler de mon âge en 1962, c'est d'une incorrection ! Mais vous l'avez fait exprès pour que je me souvienne de vous, n'est-ce pas ! Je vous pardonne et vous remercie pour les superbes roses que vous m'avez offertes.

Un petit bonhomme approchait, une pelle dans une main et un seau dans l'autre.
- Voici David ! Dis bonjour à Francis !

L'enfant pris son temps, regarda Francis de plus près, et il sembla lui plaire puisqu'il eut droit à un beau sourire de l'enfant accompagné d'un « bonjour », il repartit en courant au bord de l'eau. Ils déjeunèrent sur la plage attenante d'une niçoise et d'un bar grillé et burent un rosé léger et frais « Sainte Roseline ». Anita lui raconta brièvement sa vie, elle était donc mariée à un hollandais qu'elle avait rencontré, lui aussi, au festival, celui de 1961 où Ray Charles était en vedette, elle vivait à Genève et à Paris, son mari, fort occupé, passait toujours trois jours par semaine avec eux, il arrivait le jeudi soir par avion et repartait le dimanche soir. Cependant elle paraissait heureuse, sans plus :
- Il sera là le prochain week-end, les 7 et 8, Francis se permit de poser une question très personnelle :
- Anita, êtes-vous heureuse ?
- Oui ! Je recherchais le confort et la sécurité, la vie s'écoule tranquillement, cela me convient.
- Et l'amour, dans tout ça ?

- L'amour avec un grand A ne dure jamais très longtemps !
J'ai choisi de vivre celui qui comporte un petit « a » mais qui
m'apporte beaucoup d'avantages : mon mari est plus âgé que
moi, il est délicat, plein d'attentions pour moi, généreux, il faut
tourner le dos au passé.

Francis avait envie de dire « Amen », il n'osât pas... On peut
ne pas être heureux, mais faire croire qu'on l'est... Ils
reparlèrent ensuite de ce fameux festival de 1960, inauguré le 7
juillet, soit un an après la mort de Sydney Bechett (14 mai
1959), Claude Luther, Charlie Mingus, Eric Dolphy, Martial
Solal, Stéphane Grappelli et bien d'autres qui furent de la
partie... En 61, ce furent Ray Charles et Count Basie, en 62 Fats
Domino ,qui était arrivé avec deux Cadillac, une rose et une
bleue, ses choristes noires et ses chansons qui firent ensuite le
tour du monde : *I'm walking et Blueberry Hill.*

Anita l'interrompît :
- Vous rappelez-vous Francis de sa montre ?   Elle avait la
forme d'une étoile de mer sertie de diamants !
- Oui ! Quel pianiste... il avait trente-trois ans.
- Revenons en 1960, l'année du nouveau Franc !

Ils éclatèrent de rire en se rappelant une soirée au « Vieux
Colombier » ou un américain fraichement débarqué avait posé
sur la table 3 billets de 500 francs pour payer une bouteille de
champagne à 150 francs... Les billets avaient été
subrepticement subtilisés par le serveur, à cette époque, la
virgule était souvent mal placée...

Francis se couchait tard et donc se réveillait tôt. Il n'en
oubliait pas moins ses amis à qui il donnait régulièrement des
nouvelles.

Malheureusement Anne était toujours entourée, ses filles et
son mari étaient en vacances, elle passait donc le plus clair de
son temps à la « Baraque », chez sa mère... Il avait des échos
par Chantal qu'il appelait souvent, celle-ci servait de messagère
pour tous les deux, mais c'était frustrant... Malgré cela, Anne

continuait sa correspondance et en réponse Francis, le soir, lui faisait part de ses doutes, ses craintes, ses sentiments. Lui, écrivait en poste restante et elle, via la galerie de la rue d'Antibes. Cette situation était difficile à vivre, Francis évitait « les Musiciens », il était évident que les lieux étaient surveillés...

Il partait à pieds, avec sa canne et son chapeau, se promener le long des plages et passait souvent devant le superbe hôtel « Bellerive » qui accueillit tant de célébrités, de Francis Scott et Elsa Fitzgerald à Hemingway, on peut voir leurs portraits en noir et blanc, disséminés dans l'entrée et les couloirs.

Un peu plus loin, la plage de « la Vigie », pour arriver à « la Maison des Pêcheurs » du commandant Rayon, ensuite le bord de mer du Cap d'Antibes, à gauche dans les terres d'immenses serres remplies de fleurs. Tout l'émouvait, tout lui plaisait, une extase le noyait, il avançait, il s'arrêtait, le regard plein de joie. Dès qu'il était fatigué de marcher, il cessait, se baignait, nageait lentement et repartait pour Bikini Beach.

Souvent Anita est déjà repartie lorsqu'il revient, mais ils se voient régulièrement et déjeunent ou dinent ensemble plusieurs fois par semaine au « Provençal », tout à côté. Pourtant, ce restaurant ne les inspire pas trop, ils n'ont qu'un seul menu, la direction ayant décrété que les vacanciers n'ont pas envie de se compliquer la vie... Ce jour-là, ils dinent en terrasse au « Juana » où la cuisine est délicieuse et le service incomparable. En rentrant à l'hôtel une lettre d'Anne l'attend :

Francis,

Merveilleuse surprise, ce matin de trouver une lettre... D'un air désabusé j'ai présenté ma carte d'identité au guichet et vraiment sans espoir... Eh ! J'ai à peine pu cacher ma joie au postier ! Je pense que tu es arrivé à Juan ? Je ne saurais où te toucher, cela m'ennuie car il vaut mieux, tout de même, pour ne pas avoir d'ennuis que nous soyons d'accord sur la semaine où tu passeras à Lyon, en septembre.

Du 13 au 17, ma cousine et son mari viennent chez nous, ils sont jeunes mariés (six mois), c'est la marraine de Flo, elle ne l'a pas vue depuis trois ans... Elle s'appelle Émeline, il faut que je te tienne au courant de ce que fait ma famille, on ne dit ces choses qu'à ceux qui ont de l'importance et qui comptent vraiment dans votre vie. Je crois savoir que la rentrée scolaire est le lundi 20, jour de départ de mes cousins. Tu vois, nous pourrons avoir le jeudi et le vendredi pour nous, en principe... Quoique j'ignore quel train reprendront mes cousins pour rentrer à Paris...

Bien sûr que je veux faire ton portrait ! Ce serait pour moi une émotion énorme ! Et j'ai un peu la trouille de ne pas te peindre tel que je te vois... Je voudrais y mettre tant d'amour, tant d'âme, tant de talent ... Voir dans ton portrait l'envers du sujet, l'âme, ce reflet intérieur qui n'appartient qu'à toi...

Hier, Richard m'a demandé qui comptait pour moi, après lui. J'ai parlé de ma mère, de mon frère, l'amour filial ou fraternel est très fort, je crois, mais je n'ai pas dit que je les aimais plus que lui, je serais incapable de le dire, tant c'est différent... Un mari peut vous abandonner, une épouse peut venir à vous haïr, mais se détourne-t-on de son frère et de sa mère ? C'est horrible qu'il y ait des gens qui en soient capables !

Donc je disais : « après toi, c'est Francis », j'ai dit ça d'un air très nature, très simplement... et c'est devenu, pour moi

naturel et simple de penser que je t'aime, je ne vois pas comment je pourrais faire autrement... Il m'a répondu :
- Au moins je suis fixé sur la première personne avec qui tu me tromperas !

Je l'en ai dissuadé, évidemment, il ne veut pas que je le trompe, mais si je le faisais, il ne voudrait jamais le savoir... Pour moi, tu n'es pas l'amant péché, tu es l'amour Dieu, d'ailleurs Nietzsche a bien dit : « tout ce qui s'accomplit par amour s'accomplit au-delà du bien et du mal »... Il est certain que si nous trouvons laid le fait de nous aimer, c'est que peut-être nous ne nous aimons plus...

Je t'ai dit que j'avais été humiliée devant le guichetier de la poste, qui a lu et vu que c'était un homme qui m'écrivait, c'est à cause de lui que je me suis sentie fautive... Les gens salissent tout ils ne veulent pas croire que l'amour puisse être quelque chose de pur, je crois que nous avons des tempéraments assez semblables... Nous ne sommes pas corrompus. Tu ne l'es pas encore pour deux raisons : tu es plus jeune que moi et tu es riche mais si tu veux être plus fortuné, encore, alors tu le deviendras... Aucune fortune ne se fait sans corrompre ? Encore que ! Tu l'es déjà un petit peu : regarde l'accord que tu as conclu avec ce journaliste !

Pensif, Francis arrêta sa lecture et posa la lettre sur la table, ce geste lui fit penser au distique malicieux d'Alberto Magnelli, né en face du campanile de Giotto, qui a dit un jour :

« J'ai jeté le regard par la fenêtre
Et je l'ai retrouvé devant moi sur la table »

Oui, il avait eu une très bonne idée, le jour où, voyant un client au bar avec deux belles jeunes femmes, une coupe de champagne à la main (celui-ci était déjà venu dans la semaine), le barman lui apprit qu'il était journaliste au « Progrès » et qu'il s'occupait d'interviewer toutes les personnalités, tous les artistes de passage. Francis s'approcha du bar et offrit sa

tournée, en trinquant avec le journaliste, il lui passa le message :
- Venez me voir, j'aimerai discuter avec vous.

Deux jours plus tard, vers 18 heures, Jérôme Deray était là ; célibataire à 30 ans, il avait de gros frais : bars, restaurants, hôtels... L'accord fut rapide, il devait recevoir, à titre privée, au piano-bar, la personne interviewée, bien entendu aux frais de Francis... Par contre, dès que l'invité avait donné son accord, il fallait appeler le barman du piano-bar, ce dernier ayant pour consigne de dépêcher plusieurs émissaires dans tous les bars chics de Lyon et de passer le mot :
- Un demi, vite ! Je file à L'Oiseau Bleu, Jacques Brel y sera dans une heure !

Le barman avait un budget et avait recruté des étudiants pour ce faire. Alors l'établissement était souvent complet... En contrepartie, le journaliste avait table ouverte au restaurant de l'hôtel, une chambre gratuite pour aller prier... avec une dame. Les consommations lui étaient offertes pour lui et ses invitées.

Francis avait eu une autre idée, dans la même optique, les femmes seules qui venaient consommer au bar à partir de dix-sept heures, ne payaient pas leurs consommations. Les mêmes étudiants passaient le message dans les autres bars, salons de coiffure, magasins de mode, etc. Personne ne comprenait pourquoi ce bar de nuit suscitait un tel engouement...

Il sourit et reprit sa lecture :

Moi je ne le suis pas, parce que je n'ai pas vécu... Je ne sais pas faire des affaires... Richard n'est pas corrompu non plus, il n'a jamais aimé que moi et connu que moi, tu me dis que tu es jaloux... Je me suis souvent demandé : es-tu jaloux de Richard ? Tu me diras ça quand nous nous verrons ou peut-être t'es-tu mis dans la tête et dans le cœur, une fois pour toutes que je suis à lui d'abord et qu'il n'y a rien à faire... Moi aussi je suis follement jalouse de toi ! Mais j'accepte que tu me trompes quand je me dis que je serais égoïste de ne pas l'admettre...

Quand tu m'as parlé, devant Richard, de ta blonde évanescente qui vient de s'évaporer définitivement, j'ai eu comme une crampe au cœur ! Ça m'a donné le vertige ! J'ai failli m'évanouir ! J'ai ri jaune... Je le dis maintenant ça m'a blessée et je suis sûre que cette blessure ne guérira jamais puisque nous ne faisons et ne pourrons faire notre vie ensemble... Nous n'avons pas l'âge de Roméo et Juliette ! D'abord l'adultère est la seule forme sociale acceptable du véritable amour... Il n'y a d'autres passions que celles qui nous frappent et nous surprennent... Sinon ce ne sont que des liaisons... L'amour heureux, c'est la perfection, mais la perfection, c'est la fin... Comme le chante si bien Jacques Brel : « Quand on a que l'amour à s'offrir en partage, sans nulle autre richesse que d'y croire toujours ... »

Mais ne pas te voir me fait mourir peu à peu... Mais pourquoi suis-je occupée à mourir à l'avance ! Reviens, reviens vite !

Damilou

Rien de plus, aujourd'hui, j'en ai assez dit ... En fait non, je ne peux pas ! Lit ce qu'écrivait Mozart en 1787 :

*« Le vrai génie sans cœur est un non-sens,
Car ni intelligence élevée, ni imagination,
Ni toutes deux ensemble ne font le génie,
Amour, amour, amour, voilà l'âme du génie »*

Repas convivial, dancing, lettre d'Anne, mi-août

Christine et Valérie étaient arrivées, ils décidèrent tous les trois de fêter l'évènement. Francis proposa une bouillabaisse chez « la Mère Terrats » à la Napoule. À cette époque, trois restaurants avaient la réputation de faire les meilleures de la Côte : « Chez Germaine », à Villefranche sur mer, au « Bacon » au Cap d'Antibes, et bien entendu chez « la Mère Terrats ». Valérie vivait un rêve, elle n'était jamais allée au bord de la mer...

> *La fenêtre s'ouvre comme une orange,*
> *Le beau fruit de la lumière...* (Apollinaire)

Elle admirait toutes ces couleurs, ces blancs qui sont baignés dans les eaux bleu-émeraude qui bourdonnent dans une lumière douce et diaphane où résonne le cri des oiseaux. Elle déguste ce plat méditerranéen par excellence et boit lentement afin de savourer cet instant. Francis contemple les deux femmes, heureuses d'être ensemble, charmées d'être avec lui dans ce lieu idyllique. Il se dit qu'elles viennent bien de la planète Vénus, dans la double apparence animale et vespérale, elles expriment la fragilité féminine qui n'est pourtant qu'apparence. Le service est parfait, ils sont resservis à peine ont-ils terminé leur verre ou assiette, le silence en dit long...

À la table voisine, ce ne sont que rires et fous-rires, et Francis explique à Valérie que les trois filles : Capucine, Coccinelle et Kissme sont en réalité des artistes travestis du Carrousel de Paris. Plus féminins que masculins, en apparence : deux sexes, un à sa place habituelle, l'autre dans la tête, un hermaphrodisme particulier...

134

Le lendemain matin, le mistral s'est levé à Juan, Francis décide de partir à La Garoupe, les plages sont abritées et l'endroit ressemble aux portes du paradis. La mer chante en suivant le bruit du vent qui disperse les fleurs des églantiers, on peut y admirer les aubépines et les clématites, un monde éphémère et subjuguant...

Les oiseaux se posent sur l'eau sans pour autant troubler les mouvements des vaguelettes silencieuses au-dessous desquelles des poissons multicolores nagent dans l'infini... Le Cap d'Antibes est formé de calanques sculptées par l'érosion, ce ne sont que roches illuminées par le phare de La Garoupe dès la tombée de la nuit. Au pied de l'édifice, la vue est éblouissante, le phare surveille les eaux devant les villes de Nice, de Saint-Laurent-du-Var, de Cagnes-sur-Mer et un petit morceau du vieil d'Antibes (Antipolis) et ses remparts, derrière c'est Juan-les-Pins, Cannes, La Napoule et Théoule. Les lumières du bord de mer éclairent les flux de l'eau et les bateaux blancs semblent être de grands papillons blancs, qui, comme des billets doux, pliés en deux, chercheraient l'adresse de fleurs... Contre le phare, la petite église « Notre Dame de la Garde » est une oasis de fraicheur, que l'on soit croyant ou non, l'envie de rester nous prend, celle de nous assoupir, comme rapproché des Dieux... Si vous levez les yeux, vous apercevez un nuage haut-pendu qui semble sombrer, au loin, en mer.

Il est tard, le soleil semble flotter dans la brume et la chaleur avant de s'évanouir pour renaître le lendemain à l'aube, afin d'éclairer notre vie de sa spiritualité. Ave Maria, fais-nous découvrir toutes les merveilles de la terre ! Cependant, c'est l'ombre qui donne l'heure sur un cadran solaire, la vie est faite d'ombres et de lumières et le gnomon, cadran solaire primitif, fut le premier à projeter sur le sol une ligne verticale éclairée par les rayons du soleil ainsi que la clepsydre , horloge à eau graduée... Le temps était compté, de jour comme de nuit, quel que soit le ciel. De retour à l'hôtel, vers 19 heures, Francis croise Aldo :

- Francis, où étiez-vous passé ? Je ne vous vois plus !

135

- Je suis là Aldo mais je marche, je nage, je me balade, je me repose...

- Vous vous ennuyez ! Ce soir je vais à l'inauguration d'une boite de nuit, vers Nice, avec mon ami le chauffeur de Mr Gulbenkian, il loge au « Grand Vatel » à côté de l'hôtel du Cap, il passe me chercher à 8 heures devant « le Vieux Colombier », ça vous dit ?

- Oui, pourquoi pas, je me change et j'arrive, je vous rejoins.

A 8 heures précises, le chauffeur arrivait au volant d'une longue Rolls Royce, « la victoire de Samothrace», (reproduction de la victoire de Samothrace, posée sur le radiateur de la Rolls Royce 40/50 HP, créée pour Lord Montagu qui a fait représenter le visage de sa secrétaire et maitresse Eléanor Velasco, il y a plus de cent ans...) étincelait sur le capot. Le chauffeur, un anglais, très smart, sympa, avait laissé sa casquette à l'hôtel, il était vêtu d'un pantalon blanc et d'un polo noir. Francis avait mis une cravate avec son éternel diamant en épingle.

Aldo monta devant et Francis se fit conduire, la voiture démarra en silence, pas de bruit à l'intérieur, une douce climatisation, entre les deux sièges avant : un petit frigo rempli de champagne, de whisky et de sodas. Arrivés à Saint-Laurent-du-Var, ils tournèrent en rond une bonne demi-heure avant d'arriver devant un chemin de terre d'où l'on pouvait apercevoir des lumières. Le chauffeur avançait avec précaution au milieu d'une allée d'aubépines. D'un seul coup, sur la droite, un bâtiment long, taillé en L apparut, tout illuminé. Ils s'arrêtèrent devant l'entrée et l'ami d'Aldo, Bastien sortit pour les accueillir.

Les présentations ayant été faites, il les accompagna à une table située au centre, devant la piste et cria fort : « Champagne, pour nos amis ! » Francis était surpris, une musique douce se faisait entendre dans un silence impressionnant. Tous les clients se taisaient et les regards étaient dirigés vers leur table. Le bruit du bouchon fit diversion et chacun reprit sa conversation. Francis regardait la cour : il y avait des scooters, des motos, des vélos, quelques Fiat 500 et par-ci par-là, des véhicules de petites catégories. Ce n'était pas ce que l'on peut appeler un night-club, c'était un dancing à la campagne...

Il tourna son regard sur la salle, la fumée était dense, la clientèle très jeune, la musique « live » les transportait, ils n'avaient que quinze, seize ans, peut-être dix-huit tout au plus, les filles étaient en mini-jupe et ne cessaient de rire... Ces adolescentes sont prêtes à s'abandonner, elles sont outrageusement maquillées et sont, curieusement, entourées d'éphèbes qui n'ont pas encore choisi leur voie sexuelle...

L'animation reprend, ils sont là pour oublier leurs soucis en toute quiétude. L'arrivée de la superbe voiture ne les a pas inquiétés (cependant tous aimeraient repartir à l'arrière de cette automobile de rêve, conduits par celui qui porte une cravate, dont le diamant étincelle)... Francis découvre un univers dont l'existence lui était inconnue...

La musique varie mais il y a cependant une prépondérance de chansons langoureuses, beaucoup de slows : « Elle était si jolie » et « Ma vie » par *Alain Barrière*, « Sag warum » de *Camillo*, « Una lacrima sul viso » de *Bobby Solo*, « Only you » des *Platters,* et du rythme : « La Bamba » interprétée par *Trini Lopez et son orchestre* et « Peggy Sue » par *Budy Holly*.

Les filles ouvrent de grands yeux, elles sourient aux anges... Leurs mini-jupes laissent voir leurs petites culottes. Aldo et le chauffeur ont compris depuis longtemps qu'ils ne repartiraient pas bredouilles... À la fin de la seconde bouteille de champagne, Francis prend Aldo à part :
- Je vous prie de m'excuser, je suis fatigué, remerciez votre ami et demandez-lui de m'appeler un taxi, je rentre à Juan, profitez bien de votre soirée.
   La Rolls, le lendemain matin sera à nettoyer de fond en comble, bien plus qu'à l'ordinaire...

Christine a déposé une lettre d'Anne dans sa chambre, il s'allonge en terrasse pour la lire :

Francis,

Je trouve ta lettre en arrivant ce tantôt... J'ai rêvé longtemps à toi, les yeux ouverts, cette nuit... J'ai eu un cafard terrible ! Mon désir de te serrer dans mes bras, c'est fou ! Ta lettre est assez confuse... Tu voudrais que je cesse de t'aimer, pour que tu cesses d'être tourmenté... C'est là que je sais que je t'aime bien plus que tu ne m'aimeras jamais... Je ne te ferai pas de reproches, il faut absolument que tu connaisses d'autres femmes pour te débarrasser de l'amour que tu me portes...

Je ne l'oublie pas, mais comment t'amener à ne plus t'aimer ? Je ne le peux pas ! Songe qu'il y a à peine six mois que nous nous aimons, que nous nous sommes rencontrés ! Tu penses que je voudrais que cela soit déjà fini ! Et aimer comme Pétrarque, foutaises, je ne suis pas Laure de Noves ! Ne compte pas là-dessus, si tu te sens seul tel que tu le dis, moi je ne vis jamais sans toi, tu es avec moi, parmi ma famille, mes enfants parlent de toi, ma mère aussi, même Richard ! Tu fais partie de nous pour toujours.

Claire a dit que j'étais capable de grandes passions et devant maman (elle me l'a dit après), elle n'a pas osé me dire qu'elle avait vu que j'avais (dans ma main), un tempérament sexuel fougueux ! Ma mère étant une mystique, c'est loin d'être, à ses yeux, une qualité ! Que veux-tu ! Elle ne peut comprendre cela ! Je ne tiens pas d'elle ! De ce côté-là, il parait que mon père était terrible et ça l'ennuyait beaucoup d'avoir une femme qui, bien que tendre, était frigide... Il ne l'a pourtant jamais trompée... Ils s'adoraient.

Quand tu reviendras, je serai aux anges... Richard parle d'ouvrir une autre agence, et j'ai peur, peur de partir ! D'être loin de toi... Mais je préfère ne plus y penser... J'ai dit à Richard que je t'écrivais l'autre jour pour te demander si tu voulais des coupures de journaux, écris donc à Saint-Georges en le mentionnant, tu seras gentil. Ne nous quitte pas, ne me quitte pas, tu n'en as pas le droit...

Damilou

138

Partir de Cythère, lieu symbolique par excellence, pourquoi faire ? C'est le seul endroit où l'amour est roi, où personne ne peut rivaliser avec ce pouvoir indestructible que ne possède aucun dictateur sur cette terre... Surtout pas toi...

Réception à Cannes, lettre d'Anne, mi-août

Francis accompagne son ami Richard à une soirée chez Florence, à Cannes : le « Patio » n'est pas un palais idéal, c'est une basilique car le cadre impose le calme, la sérénité et le recueillement, les cyprès de la terrasse font de l'ombre à ce musée qui surplombe la mer. On y entre et après avoir passé un petit bureau investi de merveilles, on s'arrête devant un « Fantin-Latour », un « Degas », un « Cézanne » sur la droite, plus loin, un « Van Gogh ». Un vaste salon nous livre sa collection de « Bonnard », la lumière éclaire tous ces fabuleux tableaux et autres objets d'art.

Le premier étage est desservi par un ascenseur qui donne sur une grande cour intérieure avec une fontaine. Le gazon est taillé à la main, les fleurs y foisonnent, c'est le paradis de Florence (ou de son gros bouddha, allez savoir !) Vient ensuite la grande bibliothèque, rouge et or, qui fait face à la mer, le domaine des pékinois qui s'y prélassent...

Avec le champagne, on y déguste aussi des madeleines,
- Des madeleines de Proust ! dit en souriant un invité qui veut faire savoir qu'il a des « lettres ».
- Non, répond un autre membre de la ménagerie : ce sont des madeleines de LU !

Francis admire ces peintures dont certaines ont été vendues par sa mère, des Marie Laurencin, un Toulouse-Lautrec, des Monet, Renoir, Gauguin, Corot... Au sous-sol, dans une salle gothique sont remisés des chefs-d'œuvre dont un vitrail de Buffet... Tout en bas, des bas-reliefs représentent la Passion du Christ, une Vierge à l'enfant.

Dans cette superbe villa, tous les jours, des artistes, des industriels, des politiques, des écrivains, des gens bien, des moins bien, viennent respirer le parfum de la fortune en espérant que quelques grosses gouttes rejailliront sur eux... Victor Hugo était un précurseur lorsqu'il écrivait dans la Légende des Siècles :

> *« Le porc Vitellius* roulait aux gémonies*
> *Escaliers des grandeurs et des ignominies... »*

* empereur romain particulièrement cruel

Ce soir-là, Francis croisa la plus grande fortune mondiale : Monsieur Nubar Gulbenkian (Monsieur 5%), que Francis connaissait bien, il arrivait du Cap d'Antibes dans sa Rolls au toit en plexiglas, à l'image de sa fortune : jaune et noire, jaune pour l'or et noire pour le pétrole. C'est un homme grand et lourd, triste et puissant, mais n'était pas si heureux que cela, bien qu'il habite à Eden Roc... Fort heureusement, ce soir-là, les invités avaient été choisis avec soin, il y avait très peu de parasites et encore moins de m'as-tu-vu ; beaucoup étaient des artistes reconnus, des écrivains célèbres, des femmes et des hommes du monde.

Francis, appuyé sur sa canne était ébloui devant Marella, grande et belle femme brune aux yeux noirs, épouse de Gianni Agnelli qui aspire à la présidence de Fiat, il le sera, l'année suivante, à 45 ans. Ils habitaient au-dessus du port de Villefranche-sur-Mer, à la villa « Léopolda », l'Aga Khan était là, avec la Bégum, un maharadja avec sa mère, des armateurs et un misanthrope qui faisait le vide autour de lui. Une petite femme calme, douce et souriante paraissait perdue, Francis demanda à Richard s'il connaissait cette femme timide.
Evidemment ! C'est elle qui a écrit « Histoire d'O » ! À la Vigie d'ailleurs, et Florence a eu le manuscrit en remerciement de son hébergement.

Le champagne coulait à flots, à cette époque deux cents caisses étaient consommées par semaine. Florence ne supportait pas qu'un invité ait un verre vide. Un peu plus tard, une américaine, blonde, qu'il connaissait déjà, venait dans sa direction, c'était l'héritière des cigarettes PM, il l'avait déjà rencontrée en 1962 à Antibes.

Elle souriait béatement et lui dit :
- Vous êtes l'ami de Laurent ? Comment allez-vous ? Savez-vous que nous sommes mariés depuis deux ans !
- Vous avez épousé Laurent ? Francis était sidéré...
- Absolument ! Il est là, regardez derrière vous !

Francis se retourna et tomba nez à nez avec son ami qui, au vue de sa taille était appelé « le petit lieutenant »... Ils s'embrassèrent et partirent discuter dans un coin. Après avoir fait un rapide tour de leurs situations respectives, Francis demanda à Laurent :
- Alors, tu es heureux d'avoir quitté l'armée ? Et les U.S.A, c'est comment ?
- Oui, oui ! Il haussa les épaules. Si on peut dire, j'étais déboussolé comme toi et, par faiblesse j'ai accepté ce rôle : prince consort, sous contrat, mon compte bancaire augmente mensuellement par virement pour mes petits plaisirs, mes faux frais, mes maitresses, mes pauvres, bref... Je suis entouré de domestiques avides, mes beaux-parents me méprisent, je suis « le petit Français » et ma femme m'aime quand elle est grise... J'écoute en boucle Louis Prima chanter « just a gigolo » et je m'ennuie à mourir...

Il avait débité sa profession de foi d'une voix calme emprunte de tristesse. Francis se dit que la franchise à ce point pouvait engendrer la haine : « Supporte et abstiens-toi, supporte tous ces maux sans que ton âme en soit troublée ou renonce et reprend ta liberté » mais il n'osa pas intervenir immédiatement, ils auraient l'occasion de se revoir... Ils se séparèrent après que Francis eut accepté une invitation à dîner sur leur yacht amarré à Cannes.

Il finit sa coupe en souriant et en se remémorant la soirée passée à Juan, en 1962 en compagnie de son ami : ils étaient au bar du « Vieux Colombier » en début de soirée, en « embuscade », et Francis avait proposé :

- Laurent, invitons cette blonde américaine à danser ! Nous verrons lequel de nous deux réussira !

- A toi l'honneur ! avait répondu Laurent.

- Non, chacun sa chance, jouons-la aux dés !

Il revoyait cette scène qui lui inspira ce triptyque :
- Vous aimez jouer au 421 ?
- Vous pouvez gagner !
- Une américaine blonde, riche et.....alcoolique !

La vie nous donne les facultés de comprendre et de sentir. Entre ce que l'on croit voir et ce que l'on voit (mais tout le monde peut se tromper), le bonheur véritable est dans le fond de notre âme et n'a rien à voir avec l'apparence   souvent trompeuse... Pauvre Laurent !

De retour au Provençal, une nouvelle lettre est posée sur le lit :

Francis

L'autre matin, au téléphone, j'ai eu comme une caresse de bonheur intense, je me suis sentie une fiancée comblée, je me suis vue douze ans en arrière, j'ai adoré ta voix quand tu m'as dit : Damilou... C'est comme si j'avais reçu un courant électrique bienfaisant... J'avais le cœur en émoi et si je t'avais eu près de moi, je crois que je t'aurais ôté la vie à te serrer dans mes bras. J'en suis sûre, de plus en plus je ne cesserai jamais de t'aimer. Tu ne me décevras jamais même si tu pars ou que tu m'apprennes que tu as trouvé la femme idéale, (celle qui n'existe pas, sauf en rêve)... Notre amour restera toujours le même, pur, sincère et passionné. Je ne peux pas ne plus t'aimer, tu es l'amour fait homme, tu es beau, si beau que rien qu'un de tes regards me bouleverse...

Ta voix, tes mains, tes caresses me rendent folle, mais ce sont sans doute les reflets du narcissisme féminin. Regarde-moi, parle-moi, caresse-moi ! On ne peut pas changer une femme qui aime, c'est tout ou rien... J'avais, en effet, eu ta lettre, celle écrite à ton arrivée à Juan, nous ne nous étions pas compris, en fait. Je garde précieusement tes lettres, comme tu le sais, quand je serai vieille, je les relirai avec émotion, j'en suis sûre... Si tu veux me dire quelque chose, me faire une commission, téléphone chez Chantal (les six chiffres que tu connais par cœur).

Je suis à Saint-Georges à partir de vendredi, samedi matin, je vais à Vienne, j'irai à la poste et lundi aussi, écris ! Sinon je suis trop malheureuse de ne pas avoir ce trait d'union entre nous... J'en meurs... Je te serre fort, folle de toi comme il n'est pas permis... Mort aux yéyés ! Tu ne me l'as pas redit... Affreux oubli !

Damilou

Petit morceau choisi d'Apollinaire :

« Mon amant est parti pour un pays lointain

144

Faites-moi donc mourir puisque je n'aime rien... »

Il n'y a pas d'harmonie dans une sexualité sans affection. Anne est partout, elle abolit le temps, il relit encore une fois cette lettre. Il est tard mais il a encore le goût du champagne en bouche : ce vin procure tant d'émotions. Il peut se déguster dans la défaite comme dans la victoire, qu'importe, qu'on soit gai ou triste, que l'on rit, que l'on pleure... On en boit... Chaque bouteille contient 250 millions de bulles, il y a de quoi partager ! C'est un vin magique...

Il aimerait tant pouvoir en boire avec Anne... Elle ne cesse de hanter ses pensées et il lui parle :
- Je vais vivre à travers toi, sans désir, dans la résignation. Je vois le monde au travers des prunelles de tes beaux yeux, sans ton regard, le monde est vide...

Il a toujours agi avec les femmes par faiblesse, par peur de blesser, de contrarier, de déplaire... Pourtant il est si faible, si anéanti qu'il pourrait se laisser aller, en profiter pour se faire plaindre, se faire considérer ou se faire aimer quelques instants... Non, son orgueil couvre tout cela. Il cherche à vivre tout seul dans sa claustration habituelle... Pourrait-il sortir de sa mortification, se dédoubler pour ne plus souffrir, ne plus avoir de migraines... Combler un vide affectif aussi grand vous oblige à voir loin, à inventer, à s'émouvoir d'un rien, à se réfugier dans le rêve pour éviter de montrer une sensibilité exacerbée voire maladive... C'est la fuite vers son refuge, sa cachette, le monde de l'imaginaire...

Dépression de Francis, lettre d'Anne, fin août

Ce qui devait arriver, arriva... D'un coup, d'un seul, sans prévenir, Francis n'allait plus bien du tout : plus de force, impossible de dormir avant trois ou quatre heures du matin, et encore, un sommeil entrecoupé de réveils intempestifs ... Il ne dormait pas vraiment, la lumière du jour arrivait pour lui faire savoir que la nuit était terminée... Une nuit difficile, longue, comme un tunnel dont on ne voit jamais la sortie...

Son ami Marc avait sous-estimé son mal être :
- Francis, tu as été trépané, tu fais des cauchemars, tu rêves que tu tombes, tu voles, tu t'écrases mais tu te réveilles dans ton lit ! Rien de plus normal ! Cela va durer des mois, un tel traumatisme ne peut pas ne pas laisser de traces... Il faut gérer, apprivoiser ta nervosité, ne pas sombrer, pour l'instant, c'est normal, je vais te faire préparer une médication ...

Il entama alors une période floue, il était bourré d'anxiolytiques, tranquillisants et somnifères... Cependant aucune potion, aussi magique aurait-elle pu être, ne pouvait chasser ses démons... Il était angoissé, il sortait la nuit... La nuit, sa pire ennemie... Quand il le sentait, il pouvait alors s'étendre sur le matelas d'une plage ou sur un banc, épuisé d'avoir lutté, d'avoir marché, ne serait-ce qu'un quart d'heure... Il ne connaissait plus la lumière du jour, sa lumière était devenue factice, elle ne lui était donnée que par les réverbères...

Marc lui dit :
- Francis, je vais demander à Christine de te rejoindre, tu ne peux pas rester seul ! Il te faut dialoguer, échanger des idées, t'exprimer, sortir de cet enfermement où tu t'installes et qui est

146

nocif pour ta santé mentale ! C'est impératif, surtout ne prend pas ta voiture, tu n'es pas en état de conduire...

- Je sais, hier j'ai failli m'endormir au volant... J'ai été obligé de m'arrêter au bord de la route plusieurs fois, je tremblais et n'arrivais pas à maîtriser mes mains sur le volant, j'avais des vertiges ... Je me suis endormi brutalement pendant 15 à 20 minutes puis je suis reparti, la peur au ventre...

- Alors arrête ! Fais attention à toi ! Prends correctement tes médicaments et appelle-moi demain à la même heure.

La dépression est la base de l'autoconsommation ! Elle avale ce qu'elle produit, elle se nourrit du mal de vivre que l'on traîne, c'est pour ça qu'il est si difficile d'en sortir... Elle amène un dégoût de tout, même de soi-même...

Francis avait peur du regard des gens qu'il croisait. Il baissait les yeux de peur qu'on ne le regarde comme une bête curieuse, que son allure ne les interpelle, que son comportement ou sa gestuelle ne le trahisse... Il souffrait en permanence et avait des nausées dès qu'il se voyait dans un miroir... Il continuait, vaille que vaille, désemparé de donner aux autres l'impression du spectacle de son autodestruction... Il avait des pensées morbides, il se disait que son temps sur cette terre était révolu... Enfermé dans sa bulle, hermétiquement fermé aux autres, il se disait que personne ne pensait à lui, il évoluait en parfait égoïste cloîtré dans l'isolement.

Pourtant Anne, Josiane, Chantal, Marie, Vladimir et bien d'autres cherchaient à avoir des nouvelles et appelaient Maxime et Christine sans relâche. Ils étaient surpris de ne pouvoir le joindre directement, pas de numéro de téléphone, aucune adresse ! Et lui, ne les appelait plus comme avant...

Arrivé à un stade de faiblesse extrême, Francis oubliait jusqu'à ses médicaments. Il se dévalorisait un peu plus chaque jour. Il se levait de plus en plus tard, arrivait à des heures indues à la plage, se jetait dans l'eau comme on jetterait une bouée à un noyé... En mer, ses maux s'estompaient, les douleurs physiques seulement... Il nageait au-delà de ses limites, ne sachant s'il allait pouvoir revenir sur la plage... Il continuait pourtant à correspondre avec Anne, en déguisant la vérité, mais ses écrits le trahissaient.

Francis le triste,

C'est l'adagio d'Albinoni qui accompagne la lecture de ton courrier, il est d'une tristesse insoutenable, tu as du l'écrire, la nuit, devant la mer et le ciel étoilé... après avoir lu « le journal d'Anne Franck » !... Je te vois comme si j'y étais.

La bonne nouvelle est que tu as rencontré une amie de vacances, qui, bien sûr, est charmante, cela me hérisse et m'attriste. Nous devrons peut-être déménager, mais n'anticipons pas, il coulera sans doute de l'eau sous les ponts avant que cela se fasse... Ce qui m'inquiète c'est que nous ne pourrons pas nous voir facilement quand tu vas revenir... Je suis surprise de ne pas avoir trouvé de lettre à Saint-Georges, je dois être loin de tes pensées maintenant...

C'est mieux pour toi que tu ne sois pas malheureux, cela te reposera et voir de jolies femmes te remontera le moral (et le reste aussi...), le lys de ma vallée ne te manque pas trop ? Il va y avoir six mois que nous nous connaissons, je ne m'imagine pas vivre à Vienne ou à Saint-Georges ou à Pétaouchnoc sans t'avoir pas trop loin de moi.

Demain je retourne à « la Baraque » (sûrement jusqu'à la fin du mois), qui, compte tenu du parc, (tu t'en souviens) s'appelle « les Cèdres Bleus », avec « l'Oiseau Bleu », je suis servie pour l'oublier... Je m'ennuie trop, seule sans Richard (que j'ai eu presque un mois durant), et à présent seule sans toi, si loin, si loin, sans mes amies !!! Je ne veux y penser ! Écris-moi à Saint-Georges, je t'en prie, si tu ne veux pas ma mort ! A quand ? Le plus vite possible ! Repose toi, je veux retrouver le Francis que j'ai connu, celui des mois de mars, avril, mai, je le boufferai celui-là ! J'écris mal, pardonne-moi, les billes, ce n'est pas mon fort !

Damilou

148

« Le bonheur est impossible » disait Schopenhauer,
« rechercher le plaisir ne peut conduire qu'à de grandes
douleurs »...

Francis suicidaire, lettre d'Anne, fin août

Ce soir-là, Francis était particulièrement abattu, mélancolique comme à son habitude, il ressentait une douleur intense qu'il était incapable de nommer... Un vide profond, un manque d'intérêt total... La dernière lettre d'Anne l'avait anéanti...

Pour la première fois, il délira complètement : il faut en finir ! Il en avait assez de culpabiliser d'être dans cet état, et les conseils de Marc enrobés des formules habituelles ne l'avaient pas aidé du tout... C'était la première fois qu'il pensait à se suicider... Ce « meurtre de soi-même » ferait cesser ce tourment intolérable...

La dépression fait de vous un coupable, donc vous dévalorise à vos yeux même, vous avez l'impression d'être atteint d'un mal incurable et les gens qui vous entourent vous insupportent. Vous voulez ne rien faire et de ne rien tenter... L'angoisse commence lorsqu'une question n'a pas de réponse. Vous vous sentez devenir une larve, vos gestes sont mesurés, d'une lenteur désespérante, vous n'avez même plus le souvenir de ce que peut être un sourire... Vous vous sentez ralenti psychologiquement, votre attention est diminuée, vos pensées sont obsessionnelles et bien entendu le manque de sommeil s'accumulant, vous êtes dans un état d'épuisement absolu...

Il est vrai qu'avec les tranquillisants, on s'endort assez vite, assommé, mais la trêve est de courte durée, vous vous réveillez plusieurs fois dans la nuit, angoissé, le cœur serré d'une tourmente morbide. Il est reconnu que cet état touche plus particulièrement les personnes dites sensibles, émotives et pessimistes. Tous ces sentiments baignent dans la désolation permanente jusqu'au tréfonds de votre âme... Générés par la tristesse, l'ennui et la nostalgie, vos sentiments sont comme éteints...

Les gens comme Francis qui ne font plus rien de leur journée, qui n'ont plus aucune responsabilité et qui s'éloignent de leurs principes les plus fondamentaux se retrouvent seuls... La nostalgie est souvent due à l'éloignement de celui qui souffre et qui n'a plus personne à qui se confier.

Francis est en manque de confident. Il est difficile de se raccrocher aux branches quand il n'y a pas d'arbre... « Nul n'avance s'il ne souffre » disait Freud, et la conclusion s'impose d'elle-même : on ne peut s'aimer et se haïr à la fois, il faut donc en finir...

Quand il appelle Marc, quelquefois c'est Maud qui répond, elle est toujours très calme et posée, il lui arrive d'avoir envie de se confier à elle...

Ah, les femmes !

Pour Francis, la femme a une maîtrise totale de la conduite à tenir dans quelque circonstance que ce soit, elle sait doser ses sentiments et ses propos... C'est un plaisir tout de même que d'entendre cette voix suave et apaisante qui n'en reste pas moins ferme et déterminée.

Francis appelle tous les soirs, comme convenu, il a besoin de réconfort et Maud et Marc ne se lassent pas de lui en prodiguer. Marc a un leitmotiv journalier :
- Crois-moi, tu vas te remettre ! Et quelque fois il ajoute : on a vu pire en Algérie !

Francis est tout de même un peu gêné, il lui arrive d'appeler le matin mais ils répondent l'un ou l'autre, sans acrimonie. Il téléphone à son cabinet, et certains soirs, il les joint deux à trois fois. Il est totalement dépendant de ses amis qui essaient, par tous les moyens de l'apaiser et de le convaincre du bien-fondé de leurs affirmations : Francis n'arrête pas de se plaindre :

- J'ai mal au dos et au cou, j'ai la bouche sèche et, par conséquent, perpétuellement soif, j'ai une difficulté permanente d'élocution, je me réveille en sursaut, je somnole dans la journée, ma vue est brouillée, ma vision s'estompe...

Maud et Marc répondent cependant gentiment à toutes ces interrogations, à toute heure du jour et de la nuit...

Anne écrivait directement à Cannes, à la galerie comme prévu, et Christine faisait le facteur :

Francis le vacancier,

Nous voici, aujourd'hui, à Saint-Georges, demain je repars à Vienne. Mon cousin qui vient d'Espagne et a passé avec succès ses examens, est avec nous pour quelques jours. Il a presque 20 ans, il est immense et maigrichon, niais et boutonneux mais il va colorer notre vie qui va reprendre à Vienne. J'en ai besoin ! Je suis désemparée, en ce moment... Nos affaires bougent, mais je viens d'apprendre que Lyon (dont j'avais rêvé), c'est impossible... Il faut que Richard trouve plus à l'est, selon ses associés, alors déménager ? Que la vie peut être pénible quelquefois...

Je me demande à longueur de journée si tu reviendras vivre à Lyon ou si, Ô désespoir ! Tu resteras prisonnier du Midi... Si tu t'y installes, j'espère que tu donneras aussitôt ton adresse car penser ne serait-ce qu'une minute que je pourrais ignorer où ta chère personne se promène m'est insupportable... J'aurais l'impression que tu as disparu à jamais, ne m'abandonne pas, je t'en prie !

Florence a eu cinq ans hier, le 29. Aujourd'hui elle a son grand cousin pour jouer mais elle te réclame...
- Moi z'aime Fancis ! ze veux qu'il soit là ! (« Dieu t'entende » ai-je pensé !). C'est quand qu'il revient !

C'est amusant, elle tient à toi, si elle ressemble à son père, elle tient beaucoup de sa mère!

Ecris-moi encore et encore et dis-moi si tu as reçu ma lettre envoyée de Saint-Georges. Dimanche ou lundi, je vais à Paris pour 24 heures, avec ma mère, ma tante et mon cousin (son fils), je vais en parler à Richard. Lui ne peut y aller, il a beaucoup trop de boulot, de toute façon il ne sait faire que cela, travailler... Il a des monceaux de commandes, il n'a pas se plaindre...

Il y a grand vent et grand soleil, je n'ai pas revu Claire, ni téléphoné à Chantal, je n'en ai pas envie, ça ne me dit vraiment rien, je ne veux voir que toi... Toi et mon chez moi, ma petite famille, mon cœur est occupé au complet, pas besoin d'amitié en dehors de ça... De plus, Josiane ne m'appelle plus !

Je te laisse mon Francis à moi, que Dieu te protège et te ramène à moi (quoique je me fasse un peu honte de ne penser qu'à moi)...

Damilou

Je deviens folle ! Je viens de peindre un paysage exotique en faisant comme Henri Rousseau ! Peindre de haut en bas ! Où vais-je ? Où vais-je ? Tu me rends folle...

Mélancolie aiguë, début septembre

Francis était replongé dans ses incertitudes et ses souffrances. Toute asthénie n'est que désolation et amertume, cette douleur morale qui n'est qu'individuelle et intrinsèque peut être identifiée comme une douleur physique, c'est une torture permanente de l'être qui n'en finit pas de creuser le trou dans lequel il a l'impression de tomber...

Malgré ce que l'on peut penser, la dépression est une grave maladie, peu connue à ce jour donc un peu négligée par beaucoup. C'est la raison pour laquelle le malade se noie dans l'isolement, c'est un peu l'exil de l'être, la disparition de la personne que nous sommes pour se transformer en une forme d'ostracisme de l'autre...

Pourtant Francis voudrait sortir de cette inhibition, mais l'affliction obsède le déprimé, l'ennui aussi lui pèse lourdement... Il attend des autres, non pas des critiques ni des conseils infantiles : « fais-ci, fais ça, vas-là »... mais plutôt une écoute rationnelle : se confier, parler, voir un psychothérapeute. Ce sont des conditions essentielles pour arriver à la guérison, sinon c'est la prostration et ce refuge est une forme sévère de l'abandon de soi...

Il est vingt heures, Francis somnole mais la fraîcheur le stimule, il commence à émerger, la journée a été laborieuse mais il sait que la nuit qui naît sera un supplice. Il faudrait pouvoir provoquer la mort de cette phase nocturne du jour pour que l'aube revienne au plus vite, mais les heures s'égrènent lentement... Avoir des idées suicidaires est d'une extrême gravité. Les causes peuvent en être multiples : se sentir inutile, coupable, bête, raté, malade... Avoir le mépris de tout et de tous, se sentir arrivé au bout...

Francis se demande s'il va attendre l'apparition de l'aurore ou bien celle de la nuit ? Pourquoi se poser toutes ces questions, c'est attendre déjà !... Mais qu' attendre de ces lancinements de sa vie intérieure ?

Le suicide d'un déprimé peut être quelquefois considéré comme un meurtre collectif, mais c'est surtout le crime que l'on perpétue à son encontre, décidé par l'accablement, dans la confusion... Il faut cependant respecter le choix de chacun même si ce choix est de se détruire : le chaos, c'est la mort... L'appréhension du vide, les contritions, les sanglots longs de ces nuits troubles, vous compriment le corps et l'esprit mais n'amènent pas à la haine, vous n'avez plus assez de force pour cela...

Francis a peur du sommeil comme un enfant a peur du noir, une peur viscérale qui le tenaille et l'emporte dans un tourbillon de craintes qui mène on ne sait où... Un morceau de prière lui vient à l'esprit :

« Oh Divin Rédempteur !
Pardonne à ma faiblesse,
Dans le secret des nuits je répandrai mes pleurs »

Richard Anacréon se rend compte que le fils de son amie Miren « bat la breloque », il ne le voit plus sourire, il se traîne la canne à la main, se lève tard, mange peu et boit beaucoup trop de champagne. Cet après-midi-là, nous sommes début septembre, Richard entraîne Francis à la Vigie où Florence donne une réception.

C'est un bel après-midi d'été, les invités arrivent en masse, être invité, quel honneur ! Des volutes de fumée virevoltent au-dessus des têtes, tabac brun, tabac blond, français ou américain, la marijuana, les orientales et autres drogues hallucinogènes... Un vent léger provoque le mélange de ces

155

odeurs associées à celle des parfums de ces dames et de ces messieurs, vêtus de leurs tenues distinctives, en accord avec quelques vers de Charles Péguy :

> « *Voici le vêtement tout le reste est parure,*
> *Voici la pureté tout le reste est souillure.* »

Je suis la caille, je suis le perdreau, je suis le point focal, je suis folle ou folâtre mais j'existe sans me reproduire ... Mystère de la nature humaine...

L'accueil de l'hôtesse est, comme d'habitude, grandiose... Elle parait hiératique avec son collier de perles à trois rangs et ses éternelles lunettes noires (qui cachent pourtant des yeux verts d'eau...), elle se meut parmi une faune pittoresque : des gentillâtres, pauvres de petite noblesse, des comtes et des marquis, des duchesses, des vrais, des faux, des écrivains affamés, d'autres repus, des prix Nobel, des académiciens, des milliardaires lambda... Tout ce joli monde se mélange allègrement, s'évite ou s'embrasse.

Les écornifleurs, les pique-assiettes, les grappilleurs s'agglutinent près du buffet et des fontaines de champagne.
- Ma ménagerie, mon zoo ! dit Florence en souriant à son ami Richard.
- Fais attention, Francis ! N'écrase pas « Tétine », la tortue se promène autour des bosquets et des buissons, un âne broute le gazon : vrai et faux zoo ! Le climat est chaud et lourd mais curieusement, dans les jardins de Florence il fait frais ! Florence, en arrivant de son yacht « Charmed II », où elle venait de faire sa sieste, a fait livrer un camion de pains de glace qu'elle a fait disperser dans les frondaisons, massifs de fleurs et même sous les bancs... pour rafraîchir... les rondeurs de ses invitées. Démesure ordinaire de cette femme exceptionnelle !

« La Vigie » c'est aussi, pour beaucoup, « la maison Tellier » (pas celle de Maupassant), car son amie d'enfance, Cécile Tellier, régente tout, exécute les ordres à la virgule près de peur d'être jetée... à la mer ou bannie... Elle fait partie des meubles... Les invités l'évitent car elle parle d'une voix haut perchée et par onomatopées... C'est la chose de Florence, son ours en peluche, sa pâte à modeler...

Cécile est en admiration devant Florence et passe son temps à valeter, (montrer un empressement servile), et à trôler (aller de-ci, de-là)... Florence a soixante-dix ans et est follement drôle, elle abuse du champagne et passe toujours une coupe en main, d'un notaire à un artiste, d'un écrivain à un milliardaire sans faire de distinction... Elle abreuve tout le monde de discussions, plus ou moins décousues mais fort heureusement tout le monde lui rend hommage... Certains la payent en nature et pourtant elle dit souvent : « Ici, on baise peu ! ».

Le troupeau servile va et vient, l'esprit souffle ou il veut... Florence ne va jamais au spectacle... Sa vie est en fait un spectacle en lui-même !

Le jardin domine la plage privée recouverte de matelas et de parasols. Les paysagistes s'occupent du jardin qui descend jusqu'à la mer. Florence réside au Patio à Cannes mais arrive, soit par la mer avec un Riva, soit en Rolls ou en Bentley, mais elle reste une femme seule... Entourée de sa faune hétéroclite et m'as-tu-vu, elle vit dans l'excès et pense que tout n'est que vanité, mais continue, avec un plaisir certain, à abreuver et à gaver de denrées rares tous ces convives, ce ramassis composite qui s'empiffre...

> *Quand le grand jugement viendra,*
> *Où prendront-ils alors refuge !*
> *Ces gros balourds, ces ventres gras...*

Francis prend congé, il réside à deux cents mètres, il a hâte d'être seul, tout en marchant doucement, il fredonne l'air de la bêtise, si bien chanté par Jacques Brel...

Et le manège infernal recommence... Un spleen affligeant à quatre heures du matin, un réveil en soubresaut, l'effroi, la claustrophobie, ces maux routiniers et incontrôlables le submergent totalement, il suffoque et se lève rapidement pour retomber dans le néant...

Plongeon dans l'abîme, début septembre

Anita avait l'habitude de venir très tôt à la plage et c'est le plagiste, Gérard, qui était leur lien car elle ne pouvait plus rencontrer Francis, elle repartait vers seize heures et lui, ne supportant pas le soleil, arrivait bien plus tard. Epuisé, hagard, il allait vite plonger pour se détendre en nageant. Il en revenait harassé pour tomber sur son matelas.

De temps en temps Christine venait le rejoindre en fin d'après-midi, leurs rapports devenaient houleux, elle ne comprenait pas, et n'essayait même pas de le comprendre. Elle le harcelait :
- Reprends- toi ! Bouge-toi !

Un soir où elle arrivait, vers dix-huit heures, Francis était affalé sur son matelas. Il semblait dormir, Christine le regardait et s'aperçu qu'il n'était pas rasé, c'était trop ! Habituée à le voir toujours impeccable, elle le lui reprocha et fut surprise car il n'eut aucune réaction... Elle comprit tout à coup qu'il était terriblement malade... Elle fit comme si de rien n'était et le raccompagna à son hôtel, lui prépara ses remèdes et proposa de sortir.

Il prit une douche et mit un costume clair. Elle lui demanda s'il voulait manger une pizza au Sorrento et lui dit que cela lui ferait du bien de voir du monde. Dans la rue, il trébucha et s'affala dans un massif de fleurs, se releva et dit :
- Excuse-moi...

Elle eut peur, il avait la mâchoire crispée, le teint blafard et les yeux hallucinés... Au restaurant, il paniqua. La salle était pleine et il se sentit mal, il comprit alors qu'il était devenu, non

159

seulement claustro mais aussi agoraphobe... Il prit sur lui, arriva à esquisser un pauvre sourire, Christine se détendit et ils bavardèrent.

Francis voulait donner l'apparence de quelqu'un qui va bien, peut-être par orgueil, mais il ne pouvait cacher le changement qui s'était opéré en lui : sa tristesse, sa voix basse, son sourire sans éclat, tout lui paraissait insipide... A la fin du repas, Christine était déconcertée, elle se décida tout de même à dire :
- Francis, il me faut une promesse solennelle !
- Je t'écoute ...
- Promets-moi de ne pas vouloir en finir avec la vie ! Promets-moi de ne pas suivre le même chemin que ta mère, jure le moi, Francis, sur la tête de Frédéric !

Francis se renversa en arrière en fermant les yeux, il se sentait découvert, il avait essayé d'oublier les circonstances de la mort de sa mère... Il était alors à « Maison Blanche », en Algérie, ce dimanche de juillet, Miren et le général avaient été invités à déjeuner chez un député d'Auxerre, sa mère avait alors prétexté une migraine intolérable (depuis quelques mois son médecin parisien avait diagnostiqué une tumeur maligne au cerveau), Miren n'en avait pas parlé à son fils mais Roland Delugny, lui, ne s'étonna pas et partit au rendez-vous avec sa chère secrétaire... Dès leur départ, Miren déplaça un meuble près de la fenêtre, libéra entièrement un pan de mur dont elle avait décroché les tableaux, elle y installât un fauteuil, passa dans la chambre de son mari, prit son révolver d'ordonnance, l'arma et se tira une balle en plein cœur... C'est la Madone qui la trouva...

Robert appela d'abord la gendarmerie et prévint ensuite le général... Francis arriva le matin des obsèques, il trouva dans sa chambre une lettre d'adieu, brève, ainsi que les clefs du coffre...

Quelques mots de cette lettre étaient pour toujours gravés dans sa mémoire :

« Je cesse de lutter, je ne veux ni souffrir ni être à charge, je suis seule, tu le sais, garde en souvenir la tendresse infinie que

160

j'avais à ton égard... Nous nous reverrons dans la lumière, ce
sera magnifique. »

Depuis, il n'avait plus jamais adressé la parole à son père, qu'il
tenait pour responsable... Il revint à l'instant présent et
répondit à Christine :
- Je te le jure, je n'attenterai pas à mes jours. Elle insistait :
- Francis, je veux que tu le jures sur la tête de Frédéric !

Francis mit quelques secondes avant de répondre, il se pencha
sur la table, ses yeux exprimaient une immense détresse et il
murmura :
- Je te le jure sur la tête de Frédéric, maintenant, laisse-moi,
arrête de me harceler !

Vers vingt-trois heures, ils revinrent tranquillement à l'hôtel,
Christine l'invita à boire un dernier verre au « Vieux
Colombier » mais Francis était irrité, il avait besoin de
quiétude, le moindre brouhaha l'exaspérait, alors de la
musique, des chants, des danses et des conversations, ce serait
trop. Il fit l'effort de plaisanter :
- Va Christine ! Va danser, va draguer ! Je rentre m'allonger,
je ressortirai peut-être dans la nuit, à tout à l'heure, sans doute.

Christine ne se fit pas prier, elle avait besoin de détente...
Francis rentra tranquillement en s'arrêtant pour contempler la
vue, comme à son habitude : la rue, les arbres et les maisons...

Il levait les yeux et récitait Rimbaud « mezza voce » :

> *« Toits bleuâtres et portes blanches,*
> *Comme en de nocturnes dimanches,*
> *Au bout de la ville, sans bruit,*
> *La rue est blanche et c'est la nuit...*
> *La rue a des maisons étranges*
> *Avec des persiennes d'anges... »*

Il s'allongea en arrivant sur la terrasse et redevint
contemplatif : le ciel, les étoiles et la mer... Il pensait à Anne, il

se disait qu'elle représentait à elle seule toute la grâce de la femme éternelle dans son exhortation de la dignité et son image perdurait dans la nuit... S'il fermait les yeux, son regard lui apparaissait clairement auréolé d'étoiles...

Vers une heure du matin, une crainte sourde le tenailla, il quitta la terrasse pour rejoindre sa chambre et téléphona à Maud et Marc. La sonnerie retentissait longuement, sans réponse. Il attendit un quart d'heure et rappela, toujours rien... Il somnola, entendit Christine rentrer et s'endormit enfin.

Visite de Christine, mauvaise nouvelle, jeudi 9 septembre

La lumière matinale et sa fraîcheur ouvrent un monde de senteurs qui vient des plantes, des arbres, de la mer et ses embruns. Tous les parfums se mêlent et le vent les entraîne pour mieux les disperser, bercé par la lueur du soleil levant.

La nuit a été rude, la chambre est dans un désordre indescriptible, une lampe est restée allumée, la table de chevet est recouverte de médicaments, de fioles et de verres à moitié vides. Les rideaux de la porte fenêtre, ouverte, flottent au vent... Francis est éveillé, son tourment est visible, sa souffrance est aigue. Christine apparaît, telle une nymphe, elle est livide et se tait. Francis se redresse sur ses oreillers et s'étonne :
- Déjà, il est tôt ! Que viens-tu faire à cette heure-ci ?

Elle est droite comme une statue et ne sait que dire. Francis lui prend alors la main et la fait asseoir près de lui, inquiet :
- Christine, que se passe-t-il, parle ? La bouche sèche, elle finit par annoncer :
- Maxime vient d'appeler, à la galerie. J'étais très étonnée de l'entendre de si bon matin, il avait la voix grave et semblait très touché. Pierre, Maud et Marc ont été agressés, hier soir, chez eux dans la soirée... C'est épouvantable !

Francis était blême, il connaissait pourtant la raison mais dit bêtement : « Mais pourquoi ? » Christine abattue, pleurait, elle résuma tant bien que mal ce que Maxime lui avait raconté :
- Pierre a été attaqué par deux hommes cagoulés qui l'attendaient aux abords de son garage, (heureusement Marie était absente, elle passait la soirée chez sa mère), ils l'ont attaché sur une chaise dans la cuisine et l'ont frappé au visage, au ventre et aux jambes... Ils voulaient savoir où tu étais ... Il

163

leur a dit ce qu'il savait mais ils ont insisté plus d'une heure... Il parait que le téléphone n'a pas cessé de sonner, c'est sans doute ce qui les a dissuadé de continuer... Ils l'ont bâillonné et ont pris la fuite... C'était Marie qui appelait, n'ayant pas obtenu de réponse, elle est rentrée, l'a détaché et appelé les secours et la police, il est actuellement à l'hôpital de la Croix Rousse... Francis liquéfié, demanda :

- Et Maud et Marc ?

- Au même moment, ils ont été attaqués à leur domicile, et là, c'est encore pire, ils dînaient avec leur fils et ont ouvert sans se méfier... Même scénario : bâillon et cordes pour le petit qu'ils ont emmené dans la chambre et Marc ligoté sur une chaise... Ils ont torturé Maud devant lui, en lui posant les mêmes questions qu'à Pierre :

- Où se cache, où réside Francis Delugny ? Comme ils ne pouvaient répondre, ils ont essayé d'expliquer que vous n'aviez que des contacts téléphoniques et de plus, que c'est toi qui appelait. Alors ils les ont frappés, ils ont brûlé Maud avec des cigares à même la peau, sur les seins, sur le ventre, et l'ont violée devant son mari, c'est monstrueux ! raconte Christine...

Francis appela Maxime qui confirma le récit de Christine et ajouta :

- On les a retrouvés nus, ils les avaient emmenés dans le coffre de leur voiture et les avaient déposés sur les berges de la Saône, à Gerland, ce sont des prostituées qui leur ont prêté des vêtements et appelé la police. Maud a fait une crise de nerfs, Marc est anéanti, leur fils est extrêmement perturbé, tous les trois ont été conduits à l'hôpital Edouard Herriot, ils sont entre de bonnes mains.

Maxime dit à Francis de ne pas téléphoner, de laisser passer du temps :

- C'est dur pour nous tous, je te tiens au courant des suites.

Après quelques secondes de silence, il conclut :

- D'après Pierre et Marc, bien qu'ils aient été très violents, ils se doutaient qu'ils ne savaient rien donc ils veulent te débusquer, Francis tu dois réagir et réagir vite ! Ou tu appelles ton père ou tu quittes rapidement l'Hexagone... Rappelle-moi ce soir, prends des calmants, repose-toi.

Christine resta encore une bonne heure puis repartit rejoindre Valérie à Cannes, Francis était anéanti, il culpabilisait...

Quand la désillusion envahit les sentiments, quand la raison commune s'éloigne de l'expérience et des perceptions sensibles, elle devient incompréhensible. En contradiction avec sa pensée habituelle, Francis s'égare et part dans la mauvaise direction. Lui, qui a depuis toujours des principes de précaution et de prudence, ses raisonnements intérieurs modifient sa volonté et donc ses exigences. Il est perdu mais ne le sait pas encore... Il est réduit au désespoir après ce qui vient d'arriver à ses amis... Il en est responsable et ne peut que se sentir coupable malgré lui, il lui monte un dégoût incoercible : il n'a que deux solutions, abréger sa vie ou partir loin, très loin... S'il reste, il sait qu'il aura bien plus de malheurs à attendre que de plaisirs à partager. Il se pose la question de savoir si la morale est une chimère... Il est seul, il a donc l'autonomie de la volonté, c'est vrai, il n'a de comptes à rendre à personne, Anne est perdu pour lui, il le sait.

La détermination est la finalité des êtres qui raisonnent, mais son raisonnement est influencé par des éléments extérieurs qui le privent d'une certaine liberté de choisir... Et puis, il a juré à Christine de ne pas se suicider, il doit tenir sa parole, il n'a pas l'habitude de trahir... Donc, il doit partir le plus vite possible...

C'était la première quinzaine de septembre, les vacances étaient finies, les plages se vidaient, heureusement Anita était toujours là, elle repartait vers le vingt...

165

Départ programmé, lettre d'Anne, vendredi 10 septembre

La fatigue est intense et plus forte que l'appétence et le sommeil. Ça fait deux nuits qu'il ne dort pas du tout, la nuit de lundi fut abominable, celle de mardi épouvantable... Il prend conscience qu'il descend aux abîmes sans savoir ce qu'il va trouver : l'Etre ou le Néant. Il somnole, sombre et se réveille brusquement, en sueur... Tous ces traitements perturbent son équilibre, il a les idées brouillées, ses yeux se ferment tant il est exténué.

Vers onze heures, il se décide à appeler Maxime, pour lui faire part de sa décision :
- Je quitte la France mais avant je souhaiterai passer deux ou trois jours aux environs de Grenoble du 18 au 21, par exemple, Anne devrait être libre. Ensuite je compte aller à Londres voir Walter, après je partirai pour Boston... De Londres, j'enverrai quelques cartes postales ainsi Monsieur Jo croira que je suis avec Eva, ils se replieront sur l'Angleterre... A Lyon, pourrais-je voir mes amis ?

Maxime, bien que gêné, répond immédiatement :
- Francis ! Il est trop tôt ! Ils ne sont pas encore remis et les hommes de main de Monsieur Jo n'attendent que ça ! Ne te montre pas à Lyon, va directement en Isère.

Une enveloppe portant l'écriture d'Anne est glissée sous la porte de sa chambre, Christine devait être pressée....

Francis le taciturne,

Mon matou, on ne t'a pas assez léché le poil ce matin, il est un peu à rebours, ne te fâche pas. Je ne t'en veux pas, tu es un vrai

166

félin très beau et qui griffe... Je suis folle des félidés ! J'aimerai même me faire dévorer par l'un deux...

Tu n'as pas compris ce que je voulais dire, ce n'est rien... Lorsque je parle de pantin, c'est ton image que je voudrais voir évoluer autour de moi en permanence grandeur nature, évidemment ; alors tu viendrais vers le 20 septembre ! Quel délice cela va être ! Je t'assure que pour moi, ce sera encore plus grandiose que lors de nos dernières retrouvailles... Il s'est passé un bon bout de vie, depuis !

A Saint-Georges nous n'avons pas pu nous tenir une seconde l'un contre l'autre ! C'en était insoutenable ! Si tu es à Lyon, si tu arrives quelques jours avant, le samedi et le dimanche sont fichus, bien sûr, reste le vendredi mais je ne sais pas si les filles seront rentrées, je crois que oui, je vais me renseigner... La rentrée des classes n'est jamais fixée le jour des vacances, tu avoueras que c'est idiot...

Ecoute moi, chaton, tu peux venir à St Georges chez nous, le week-end, mais écris avant, pour que Richard sache que tu arrives... Tu auras un lit pour toi, que pour toi, malheureusement... Je te remercie d'avoir placé mes toiles dans ta galerie à Cannes. C'est très gentil de t'occuper de celle que tu aimes...

J'ai le droit de le dire et il me plait de l'écrire, mais je ne le dis que devant toi, bien sûr... Claire ne sait plus rien de nous, de moi, elle ne croirait pas que nous nous aimons... Elle ne croit plus en rien... As-tu repris du poids, des joues ?

Je regarde souvent les grandes photos que tu m'as données, l'un des premiers jours où nous nous sommes vus... Tu es méconnaissable... Sur une des photos, tu mets les mains dans ta poche. Ce que tu peux être beau ; c'en est indécent ! Tu exagères d'être aussi séduisant !

Je te laisse mon gros matou, soigne-toi bien, je t'aime... Je ne finirai pas ma lettre, moi, sans t'embrasser et te dire un mot gentil, j'en attends un de toi. Je n'aime pas ce que tu as mis au dos de l'enveloppe ! ... T'aimer encore deux mois ! Mais c'est l'éternité pour moi !

Le préposé de la poste l'a lu, forcément ! C'est assez humiliant, il sait que c'est un homme qui m'écrit, un amant, de plus, et qui vexe par ses remarques affichées.... Mais je t'aime, malgré tes défauts...

Damilou

Il faut aimer avec excès, folie et désespoir... aimer sans souffrir n'est rien...

Réflexions sur la vie, samedi 11 et dimanche 12 septembre

Francis était toujours replié sur lui-même, rechercher l'isolement c'est comme mourir un peu, c'est la vie de toute chose en négatif, on éloigne de son esprit toute positivité... Bien sûr, les bouleversements que venaient de vivre Francis : son accident, son affaiblissement physique et moral, la perte de toute prérogative, sa solitude habituelle était à l'origine de son état dépressif... Tout être humain est composé de deux parties distinctes mais nécessaires à l'équilibre : la partie matérielle et la partie incorporelle, sa psyché, son âme, sa conscience, que certains ramènent à Dieu... Si cela les aide à vivre...

Déprimer, c'est ne voir que le mauvais côté des choses, c'est un peu comme se voir dans un miroir déformant et les cauchemars se multiplient... Il volait et tombait de haut dans les abîmes profonds de sa raison, il se réveillait bouillant de sueur avec des tremblements irrépressibles et la peur de l'obscurité... Il recherchait le jour, comme une bouée de sauvetage, une lueur d'espoir...

Son ami Marc lui avait conseillé de voir un professionnel, psychologue ou psychiatre :
- Ils te seront utiles, ils ne tiennent pas que des propos abstraits et décousus, ils peuvent t'aider à t'en sortir...

Francis était conscient, en son for intérieur, que son traumatisme crânien était à l'origine de son malheur mais il ne pouvait pas s'empêcher d'avoir des pensées sinistres et l'impression de vivre dans une grisaille permanente, bien que le médecin lui ait prescrit un régulateur d'humeur, le lithium... En supprimant tout élément empirique, on sait ce que veut dire le discernement, dans tous les cas et d'où il vient... C'est bien sûr, le rôle des philosophes qui croient avoir compris... Mais beaucoup n'ont perçu qu'une infime partie de l'ontologie de la nature humaine...

Depuis que Richard a repris ses activités, Anne continue à écrire et Francis se morfond...

Francis de Juan,

Manolios à Antibes... Chapitre 7... Comme les sept douleurs... Tu ne connaîtras jamais celles de l'Enfantement, je mets un E majuscule car c'est une douleur majeure qu'aucun homme n'éprouvera jamais... L'hymne à l'amour maternel représenté par la Vierge Marie, ou une mère tenant son enfant dans ses bras, cela relève de la poésie, les attitudes représentées allient pureté, bonheur et mélancolie... Qu'elle soit riche ou pauvre, c'est la même...

Il fait une chaleur insupportable, aujourd'hui, cela me contrarie... Je n'ai même pas envie de me mettre au soleil... C'est long les vacances... J'en ai marre des mômes ! Ça me gâche mon plaisir... Ta sublime Florence a eu de l'impétigo. Le chagrin de t'avoir perdu, sans doute... Ça s'est déclaré après ton passage chez nous ... Ça dure longtemps et j'ai bien peur que ça laisse des traces... Elle t'aime trop, que veux-tu ! Elle te réclame sans cesse... Bientôt il n'y paraîtra plus, enfin je l'espère ... Mais tu la retrouveras moins jolie, puisque tu la trouves si belle ! Toi aussi tu ferais de beaux enfants, des filles surtout... Pour en faire des femmes... Tu vois, aujourd'hui, je n'ai guère à raconter.

J'attends ma cousine et quelques amis d'enfance pour le week-end. Nous serons douze à table. J'ai du boulot en prévision. Puis après ce sera toi ! Je passe ma vie à attendre, j'attends Richard, ce soir. Il n'y a rien de plus triste qu'une vie sans hasard... Je n'attends pas, en tout cas, pour te dire par écrit que je t'embrasse très, très tendrement...

Damilou

La suite par Guillaume :

> « *Mon cœur me fait si mal depuis qu'il n'est pas là,*
> *Mon cœur me fit si mal du jour où il s'en allât...* »

Cette nuit-là, Francis, allongé sur un banc du square Gould, était dans l'attitude d'un songe creux, l'absence de celle qu'il aimait par-dessus tout lui donnait la nausée... Il était plongé dans une tristesse éthérée qui perdurait...

L'aisance, le pouvoir, la considération, la santé, le contentement rend heureux les gens égoïstes car le bonheur pour qui aime partager, c'est d'abord celui des proches, des autres et non pas uniquement le sien... Sinon on entre dans l'autosuffisance, l'autosatisfaction et être heureux seul est assez méprisable... Tout se partage ! En particulier le bonheur... S'il n'y a rien de bon à prodiguer, à quoi bon vivre ! C'est sans doute un devoir que de continuer à vivre mais quand vous vous sentez attiré par l'abîme, c'est probablement que plus rien ne vous retient... Quand on n'a plus que des revers, des remords, des regrets, des tourments, conserver sa vie sans n'avoir plus aucun désir de vivre, ne sert à rien... S'autodétruire devient alors une évidence.

Le bonheur n'est pas une éthique de la raison mais un idéal de l'imaginaire, c'est le parfum de l'âme, une fleur qui se cueille en douceur quand le temps s'arrête... Croire que le bonheur demeure est une chimère, il passe, il revient, il peut durer quelque fois, mais disparaît pour renaître sans raison apparente, Restif, voisin du Moulin d'Argent a écrit :

> « *Le bonheur n'est pas une plante sauvage, qui vient spontanément comme les mauvaises herbes du jardin : c'est un fruit délicieux qu'on ne rend tel, qu'à force de culture.* »

Ainsi va la vie de chacun, riche ou pauvre, c'est le nombre de zéros, en plus ou en moins sur leur compte en banque, qui les différencie, et rien d'autre. Le bonheur est gratuit, il n'est ni à

171

vendre, ni à louer, il ne peut s'acheter... Il peut alors se déverser sur quelque individu que ce soit, qu'il le mérite ou non. Le bonheur se façonne, s'entretient, se nourrit... Il faut le rechercher, avoir de l'endurance et de la persévérance, qualités relatives au tempérament, mais savoir le savourer suppose un caractère approprié, ce qui n'est pas donné à tout le monde. Il faut de l'intelligence, une justesse de raisonnement, des talents de l'esprit et Francis ne peut s'y retrouver, il est totalement perdu, à bout de souffle, isolé parmi la foule de plaisanciers qu'il croise sans cesse...

Malheur à l'homme seul...

La lumière illumine la terrasse, se déplace sur les meubles patinés de la suite, les lys blancs resplendissent et leurs odeurs se mélangent à celles des oliviers et des cyprès qui bordent la mer dans la brume matinale.

Autre mauvaise nouvelle, décision d'en finir, lundi 13 septembre.

Comme toujours, Francis a très mal dormi... Il se repose comme souvent sur un matelas, en terrasse. Il est dix heures du matin, le ciel est d'un bleu tendre, irisé, un bleu profond cependant qui, au loin, peut se confondre avec la mer... A cette heure, il y a peu de bruit, le téléphone sonne et Francis entre dans la chambre, se vautre sur le lit et décroche : c'est la voix grave de Maxime, d'habitude il ne téléphone pas et Francis comprend alors qu'il s'est passé quelque chose :

\- Écoute-moi bien ! Si nous réagissons vite, rien n'est perdu. Josiane est perturbée, elle se sent responsable : samedi soir, au bar de L'Oiseau Bleu, elle discutait avec le barman et, bien entendu, tu étais avec tes amis de Lyon l'objet de la conversation et à un moment donné, elle a dit « personne ne sait où est Francis à part mon amie Anne de Saint-Georges, il lui écrit souvent. Un homme qu'elle prenait pour un client, c'était Jean-Yves, le barman de l'hôtel, celui que tu appelles « le cloporte », qui en écho, lui demanda :

\- Anne, celle qui peint, de Saint-Georges d'Espéranche ? Et Josiane confirma...

\- Oui, c'est elle, sa mère est en vacances à Royan, et sa fille passe deux à trois mois par an dans sa propriété. Le cloporte s'éclipsa rapidement et Josiane demanda à son ami de L'Oiseau Bleu qui il était, il le lui dit et changèrent de sujet. Ce matin, Josiane, en passant devant les Cèdres Bleus, a vu une Peugeot 404 arrêtée à trente mètres environ, avec deux hommes à l'intérieur, cela lui rappela ta mésaventure du Moulin d'Argent et elle vient de me téléphoner ! Heureusement, la maison est vide, ton amie est absente jusqu'à jeudi soir, que décidons-nous ?

Francis était abasourdi ! Il hésitait sur la conduite à tenir :

173

- Écoute Maxime, il est onze heures, je réfléchis, je te rappelle à quatorze heures, et il raccrocha. Cinq minutes plus tard la sonnerie retentit de nouveau, c'était encore Max :
- J'ai oublié de te dire, André a appelé et a laissé le message suivant :
- Attention, une amie de Monsieur Francis va avoir de graves ennuis dès demain !

Quand la raison est dominée par les sentiments et que ceux-ci sont proches de la folie et donc s'éloignent des perceptions sensibles de la logique, on tombe dans un chaos de peurs et d'incertitudes, d'obscurité et d'inconsistance, c'est la lutte avec sa conscience qui va l'éloigner de la bonne solution : téléphoner à son père ?...

La maladie, la déprime, la faiblesse, le manque de courage et aussi la solitude sont les causes qui vont l'amener à prendre la mauvaise issue... Ne plus se battre, se laisser aller, se laisser couler, il pense qu'il n'y a pas d'autres réponses que celle-là et cette assertion lui suffit, il se cache derrière ce leurre, ce sophisme qui en a trompé beaucoup : sa décision est prise, il ne partira pas pour Boston, il lui reste peu de temps pour régler certains détails, et partir, partir, s'abandonner, ne plus souffrir, ni physiquement, ni moralement... Il pense à ce qu'a subi Maud, et veut l'éviter pour Anne et sa famille. Il se refuse à penser qu'il a pris cette décision uniquement pour leur empêcher d'avoir des difficultés irréversibles, non, son parcours devait s'arrêter là. Par choix, il jette l'éponge pour ne plus souffrir et cette morale lui convient, choisir un autre dénouement ne lui vient même pas à l'esprit...

Cet épilogue étant décidé, il se sent mieux, il a moins mal à la tête et il se relâche. Un calme relatif le soutient, le conforte et il sombre dans une profonde rêverie.

Une question l'obsède cependant, par quoi survit en nous l'amour parfait ? Existe-t-il ? Oui, pense-t-il... Moi, je l'aurais vécu jusqu'au bout : oubliés les Pierrots, les Colombines, oubliées toutes ces poupées roses aux yeux fixes qui savaient

174

prendre la position de la Bacchante endormie... Son paradis esthétique avait voulu ignoré la bêtise, la laideur, la bassesse et tous les autres tourments de l'existence, il a connu la joie et la mélancolie qui se fondent toujours dans une cohésion poétique... A vingt-sept ans, il sera passé dans la vie comme un météore sans vraiment comprendre le rôle de chacun ...

Dans la comédie humaine, il aurait aimé vivre à l'époque de l'amour courtois, être libertin aux mœurs sages, comme beaucoup il aurait embarqué pour Cythère... La lumière devrait éclairer notre route mais souvent le temps déforme la clarté et rend aléatoire notre parcours, alors la suite devient dérisoire, on tourne en rond, on change d'idée, de comportement et la vie se déroule, autrement...

Pendant trois heures, Francis échafauda diverses solutions ... En finir, bien sûr, mais il avait fait une promesse à Christine, et Anne ne devait se douter de rien, vers treize heures il commençait à entrevoir le bout du tunnel, il déroula le fil des évènements qui devaient bien s'imbriquer entre eux et répéta plusieurs fois, mentalement, la suite logique et ensuite il classa les éléments, en abscisse et en ordonnée, comme au lycée. Maxime ne devait se douter de rien, personne ne devait comprendre le pourquoi du comment... Ce devait être la fatalité et rien d'autre, pourtant son instinct de survie est en contradiction avec sa raison, il pense que toute fin d'existence doit être noble autant que faire se peut... Programmer sa fin conduit à un terrible débat intérieur, il faut justifier celui qui va mourir pour celle qui doit vivre...

Vers quatorze heures, Francis téléphona à Maxime, comme convenu,   il se sent faible mais ne tremble pas, il parle calmement, Maxime s'excuse :
- J'ai été débordé, je n'ai pas eu le temps de réfléchir, que proposes-tu ?
- Premièrement, je pars   samedi 18 de Nice pour aller à Londres, je crois savoir qu'il y a un avion qui décolle à dix-neuf heures donc je n'irai pas à Saint-Georges, je vais appeler une de ses amies pour prévenir.

- C'est sage, dit Maxime.

- Deuxièmement, pour ne pas perdre de temps, vas au bar de l'hôtel à dix-sept heures dix, réglons nos montres, dès que le téléphone sonne, quitte le bar et l'hôtel, j'aurais Iscariote au bout du fil et je lui dirais que je suis à Sanremo et en fin de semaine à Juan-les-Pins. N'aie pas peur, j'aurais de la compagnie mais c'est le seul moyen pour qu'ils abandonnent la surveillance des « Cèdres Bleus ». Maxime était contre :

- Tu es fou, inconscient, tu te livres !

- Non, Maxime, ils ne savent pas que je pars le samedi, comme au Moulin je dois redoubler de prudence, nous sommes pris par le temps, tu le sais bien, il n'y a pas d'autre solution, si mon plan fonctionne, la voiture en planque à Saint-Georges doit partir demain, peux-tu t'en assurer ?

Maxime était morose mais c'était vrai : pour qu'ils lèvent le siège, il fallait être crédible, il se décida :

- Bien, d'accord, tout à l'heure je serais au bar, sois prudent, Francis !

A l'heure prévue, Francis appela l'hôtel, le réceptionniste transféra l'appel au bar, le cloporte, étonné, bafouilla à Francis :

- Monsieur Maxime vient de quitter le bar, à l'instant, je peux lui laisser un message ? Sa voix était chevrotante, il devait penser que c'était la chance de sa vie, des « Pascal » défilaient devant ses yeux, Francis lui répondit :

- Non, merci, je rappellerai plus tard. L'autre était inquiet, Francis allait sûrement raccrocher !

- Attendez ! Je suis content de vous entendre ! Personne n'a de vos nouvelles, comment allez-vous ? Francis pensa : ça y est, il est ferré ! Lâchons du lest :

- Je vais mieux, merci, mais je souffre d'abominables maux de tête et je suis très faible. Alors je nage un peu, c'est ce que je vais faire tout à l'heure, comme chaque après-midi et chaque jour je me demande si je vais pouvoir revenir sur le rivage... « note, Judas ! » pensa Francis en aparté.

- Ah, mais vous êtes au bord de la mer ?

- Oui je suis à San Rémo, mais ne le dites pas à Maxime, je compte sur votre discrétion !

176

- Pas de souci, Monsieur Francis ! dit celui qui comptait déjà les deniers qui allaient tomber dans son escarcelle ...

- Alors, l'Italie c'est beau ? Il cherchait ses mots afin de maintenir la conversation.

- Superbe ! Mais je repars jeudi matin pour la France, sur la Côte d'Azur, à Juan-les-Pins, vous connaissez ? Les plages du square Gould sont magnifiques, le Richelieu Plage a toujours son vivier de langoustes ! dit Francis, avec une pointe de gaîté, j'en profiterai car le samedi, je m'envole pour les Etats Unis. Aléa jacta est...

Le barman raccrocha après qu'ils se soient salués, le sourire aux lèvres, il ne pouvait pas attendre une minute de plus, fébrile. Il appela aussitôt, annonça la bonne nouvelle, pris rendez-vous pour le soir, il se servit un whisky sec qu'il avala d'un trait... Vers seize heures, Francis donna sa version des faits à Maxime et demanda que la réservation du billet d'avion soit faite, Maxime s'inquiéta :

- Comment vas-tu procéder ?

- J'ai annoncé que j'arrivai à Juan dans la journée, et j'ai cité les plages que j'ai l'habitude de fréquenter, ils seront là jeudi, je ferai en sorte de ne pas rester seul, vendredi je viendrai tard à la plage et samedi, adieu ! Maxime, sceptique répondit :

- Téléphone au commissaire, l'ami de Pierre, il peut être de bon conseil.

- Oui, tu as raison. Je l'appellerai demain, maintenant je vais prendre une double dose de somnifères pour bien dormir, je suis épuisé...

- A demain, Francis, repose-toi bien...

Dernière lettre d'Anne, décision finale, mardi 14 septembre

Christine est passée dans la nuit, mais les soporifiques ont fait leur effet, il n'a rien entendu, sur la table de chevet, une lettre confirmant la visite de sa sœur, il ouvre l'enveloppe en tremblant....

Francis,

Voici le temps qui passe... et tout passe... Francis est pris par la Méditerranée, pourquoi venir deux à trois jours seulement... Pourquoi ne reviens-tu pas à Lyon définitivement ? Mystère... C'est très bien ainsi, c'est comme cela qu'il faut que ce soit... Je rêve de ces journées où tu viendras, je déroule le fil de ces heures bénies, j'analyse chaque minute que je passerai en ta compagnie afin qu'elles restent à jamais gravées en moi...

Je serai heureuse d'avoir un beau souvenir, c'est précieux et c'est rare, je me le raconterai plus tard. Je ne suis ni heureuse, ni malheureuse, je savais que ça arriverait... Nous avons tous les deux les pieds sur terre, heureusement... J'ai seulement l'impression d'avoir régressé, de n'être plus qu'une femme ordinaire...

Nous resterons toujours en relation, n'est-ce pas ? Tu l'as dit et tu sais que je le veux aussi ! Et puis il y a mes toiles que tu exposes aujourd'hui à Lyon, demain à Cannes et bientôt à Paris. Mes tableaux seront entre nous un trait d'union et d'amitié. Par contre, Christine (qui est charmante avec moi) m'a demandé de ne pas parler de toi, ni demain, ni après-demain. Les ordres sont les ordres, comme dirait ton père... Au revoir, à bientôt, j'espère... Si tu savais comme le soleil est ardent aujourd'hui, un temps à t'avoir à mes côtés... Ta Damilou qui restera toujours celle que tu aimes...

Anne

PS : n'oublie pas que je serais absente jusqu'au jeudi soir 16 septembre, je vais à Paris avec Richard, pour un salon. Pour finir, l'Adieu de Guillaume :

> « *J'ai cueilli ce brin de bruyère,*
> *L'automne est morte souviens-t'en*
> *Nous ne nous verrons plus sur terre*
> *Odeur du temps brin de bruyère,*
> *Et souviens-toi que je t'attends.*»

Francis est abattu, Anne l'attend vers le 20, comment lui dire qu'il ne viendra pas... Comment lui dire que c'est fini... Il ferme les yeux et allume une cigarette (il avait cessé de fumer depuis son accident) mais depuis huit jours il a replongé... et boit trop de champagne... Son esprit est funeste, un vide le submerge, il se méprise de ne savoir que faire, il est en pleine confusion, le désespoir l'envahit... Il se sent englué dans un malheur sans nom, son asthénie est à son zénith. Vite des cachets, il ne les compte plus, peu importe...

Il se décide, il appelle Chantal. Sa voix suave et son ton mesuré le détendent, comme tous ses amis, elle s'inquiète de sa santé, Il ment comme il ment à tous :
- Je vais mieux, merci. Après quelques minutes de conversation, il se lance :
- Chantal, je te demande de bien vouloir faire savoir à Anne, à partir de vendredi, que je ne pourrai venir la semaine prochaine, mais je lui écrirai en poste restante, comme d'habitude.

Un silence s'instaure, Chantal est terriblement déçue pour son amie :
- Francis, l'automne arrive et c'est la saison qui apporte la mélancolie, elle se faisait une telle joie de te revoir, cela va être

terrible, elle souffre déjà de ton absence... Mais quel genre d'homme es-tu donc ! Tu aimes faire souffrir ! Cette torture morale que tu lui infliges n'est pas digne de toi.

Francis se tait, il encaisse, Chantal continue ses véhémentes critiques et raccroche. Le temps s'écoule, inexorablement... Francis est allongé sur la terrasse, il ferme les yeux et voit apparaître Anne dans toute sa grâce, sa vulnérabilité, la beauté du corps associée à celle de l'âme... Il sommeille, les cachets font leur effet bienfaisant...

Il a dormi une bonne heure, à son réveil ses yeux clignent sans intermittence, sa vue est brouillée, il cherche ses lunettes noires, ses mains tremblent, il a sans doute abusé des médicaments... Le commissaire Petrazzinni est difficile à joindre, mais à seize heures, le contact est établi. L'ami de Pierre commence par lui donner des nouvelles de ses amis lyonnais :
    - Pierre et Marie sont à la campagne avec leur fille, ils sont sous traitement, il leur faut du repos pour essayer d'oublier... Marc et Maud vont reprendre bientôt leur activité, c'est vital pour eux ; mais Maud est suivie psychologiquement, le traumatisme sera long à guérir, heureusement, elle est forte. Leur fils va mieux, il cauchemarde encore, pour plusieurs mois sans doute...

Francis s'y attendait, le commissaire est bien au courant : il a bien connu Pierrot le fou, le gang des tractions avant, donc Monsieur Jo, il est direct :
    - Soyez vigilant, faire partie du SAC est un plus, de nos jours, Pierre m'a dit que vous pouviez vous entourer de gardes du corps, n'hésitez pas à m'appeler si besoin est.
    - Pour que vous puissiez intervenir ou pour que vous les arrêtiez, que vous faut-il ?
    - Des preuves tangibles, des témoins sûrs, s'ils vous agressent l'intervention pourra être immédiate mais il faudrait un flagrant délit ! Tenez-moi au courant, notez mes coordonnées, je suis joignable de jour comme de nuit, les amis de mes amis sont mes amis.

Francis commençait à y voir plus clair. Arrivé à Bikini Beach, il vit Gérard le plagiste en discussion avec deux policiers, il reconnut l'un deux, ils sont en train de verbaliser deux jeunes femmes qui se font bronzer seins nus, elles se rebellent et refusent de remettre le haut de leurs maillots de bain. Les forces de l'ordre s'expliquent :

- On nous a appelés, vous comprenez, on fait notre boulot, on vous voit de la terrasse du square qui domine la plage, nous avons des ordres... Le plagiste arrête la polémique en ouvrant un parasol, qui, planté penché dans le sable, cache ces dames qui se retrouvent seules face à la mer et au soleil... Les policiers acceptent l'arrangement et s'en vont.

Francis en les regardant partir, se souvient... Il avait eu affaire au plus âgé, il y a de cela un certain nombre d'années, en 1959, c'était le jour de l'enterrement de Sydney Bechet : il était venu avec Christine, dans sa 2 CV, en mai, et le week-end, ils avaient fait la fête. Le samedi, en fin d'après-midi, ils tournaient en rond sur une place en déclamant, comme une litanie : « c'est le mouvement perpétuel, c'est le mouvement perpétuel ! » Deux gendarmes les avaient alors emmenés au poste pour trouble à l'ordre public. On leur avait alors demandé leurs noms et le numéro de téléphone de leurs parents. Après les avoir notés, le policier appela :

- Gendarmerie Nationale, bonjour Madame, puis-je parler à Monsieur Delugny, s'il vous plait ? avait-il dit d'un ton rogue. La Madone répondit :

- Dois-je vous passer l'amiral ou le général ? avait répondu son interlocutrice... Il avait raccroché, écœuré et avait dit aux jeunes gens :

- Barrez-vous ! Je ne veux plus vous voir ! Vous allez m'attirer des ennuis ! Je n'ai pas envie d'être muté à Maubeuge... Si son père l'avait su, c'est Francis qui aurait eu des problèmes...

Aldo apparut en fin d'après-midi, il discuta avec le plagiste et se dirigea vers Francis qui le surprit en lui disant :

- Bonjour Aldo, je vous attendais.

- Bonjour Monsieur Francis, vous vouliez me voir ?

- C'est très important, avez-vous une heure à me consacrer ?

- Pas de problème, je suis seul ce soir, les plages et les hôtels se vident, c'est la fin de la saison, je vais bientôt partir et vous ?

- Justement, j'ai une offre à vous faire, mais nous devons être dans un endroit tranquille et discret, allons à mon hôtel, nous discuterons devant un verre...

Un quart d'heure plus tard, ils étaient assis dans des fauteuils, sur le balcon, un scotch à la main. Francis prenait son temps, c'était assez difficile à dire et bien qu'il y ait pensé depuis plusieurs jours, il ne savait par où commencer :

- Ne m'interrompez surtout pas, Aldo, j'ai des ennuis, de graves ennuis, un contrat a été lancé sur moi, un ami commissaire pourra agir en temps et en heure mais il faut lui fournir des preuves irréfutables. Le commanditaire souhaite que j'aie un accident. Jeudi deux individus vont arriver pour résoudre « le problème », acceptez-vous contre rémunération, de me suivre de loin et de prendre des photos, aussi discrètement que possible, s'ils agissent.

- Monsieur Francis ! Il n'y a pas de problème ! De plus ce sera avec plaisir et à titre gracieux, je ne vais tout de même pas vous faire payer quelques photos !

- Attendez, Aldo, vous n'avez sans doute pas compris. Je vais vous expliquer clairement : Vous aurez bien plus à faire que vous ne le pensez, tout d'abord, à quelle date vouliez-vous cesser votre activité ?

- Je pense partir à Sorrente en début de semaine prochaine.

- Bon, voilà ce que je vous propose : vous travaillez pour moi, à partir de jeudi midi, vous venez à la plage, sans prendre de clichés, juste pour vérifier les personnes qui vont m'entourer ou me surveiller. Nous discuterons comme des amis, quelques minutes, si je vois un ou des individu(s) louches, je vous demanderais de me faire savoir qui il est (ou qui ils sont), ensuite nous nous quittons, vous retournez chercher votre appareil et vous commencez jeudi soir, vos investigations et vos photos. Prenez les personnes au comportement curieux, leur voiture avec le numéro d'immatriculation, voyez dans quel hôtel ils logent, etc. Le vendredi matin, je resterai à l'hôtel, l'après-midi, je viendrai entre seize heures et seize heures trente, ils essaieront d'attenter à ma vie, soit sur le parcours, soit à ma cabine, soit le long de la plage, soit quand j'irai nager. Donc à partir de seize heures, j'aimerai que vous soyez à distance et n'oubliez pas, restez discret, ils sont dangereux !

- Ne vous inquiétez pas pour moi, Monsieur Francis, j'aurais un téléobjectif, je serais donc assez loin pour que personne ne me remarque.

- Bien ! Mais votre rôle ne se terminera pas là, dès que vous aurez des photos, prouvant une agression, vous rentrez, vous les développez rapidement et vous les glisserez dans une enveloppe que je vous donnerai vendredi et vous la porterez à Nice à l'adresse indiquée, OK ?

- Mais si on vous agresse, je vais vous défendre !

- Non, Aldo, quelles que soient les circonstances, vous n'intervenez pas, promettez-le moi ! C'est important pour moi, faites-moi confiance !

Aldo était défait... Il ne savait plus quoi penser, il se demandait si Francis n'avait pas envie de mourir ! Il pensait :

- Il est trop jeune, il veut sans doute les piéger mais il joue à un jeu bien dangereux...

Francis continuait :

- Dès que vous aurez remis les preuves dont nous venons de parler, votre rôle sera terminé et je vous demanderai de partir en Italie, le soir même, soit le vendredi ou samedi soir. N'oubliez pas : vous allez être un témoin passif, vous ne devez pas être cité, personne ne doit savoir, n'en parlez surtout pas au plagiste. Venons-en donc à votre rétribution, si vous êtes d'accord pour ces conditions, combien voulez-vous ? Aldo était pensif, ses risques étaient minimes, prendre des photos n'est pas un crime, être payé deux jours pour ne faire que ça, c'était une agréable prime de fin de saison...

Ok, Je suis d'accord pour tout, je respecterai mes engagements, et j'avance mon départ. Mille francs vous paraissent-ils raisonnables ?

Il voyait grand, c'était une grosse somme :

- Alors, nous sommes d'accord, Aldo ! Je vous offre cinq mille francs, mais pour ce prix-là, je vous demanderai de ne pas revenir à Juan l'année prochaine ; faites une saison à Saint-Tropez ou ailleurs ! Aldo, agréablement surpris, en resta muet de saisissement. Ils se serrèrent la main pour conclure et Francis le tranquillisa :

- Venez au « Provençal » vendredi vers treize heures, je vous remettrai l'argent et l'enveloppe pour les photos, commencez à parler autour de vous de votre départ pour vendredi après-midi : au casino, dans les bars, sur les plages...

Christine arriva vers dix-huit heures, songeuse, elle préparait son départ, Valérie était déjà repartie à Paris, elle comptait, quant à elle, y aller le lundi pour éviter les embouteillages du week-end. Depuis hier, elle vivait dans la confusion, Maxime lui avait téléphoné pour lui parler des dernières décisions de Francis... Elle le trouva calme et détendu, mais ses yeux clairs étaient devenus gris et la fatigue se lisait sur son visage. Comme d'habitude elle entra immédiatement dans le vif du sujet :

- Alors tu as téléphoné au barman de l'hôtel pour lui dire que tu arrivais à Juan ? T'es maso ou quoi ! Tu vas être content, il n'y a plus de surveillance devant les Cèdres Bleus, Anne et sa famille ne seront pas inquiétées, c'est ce que tu voulais ! Mais maintenant qu'ils savent où te trouver, tu as imaginé la suite ? Francis s'attendait à cette réaction, sa réponse était prête :

- J'ai dit que j'arrivais dans la journée, donc à partir de jeudi matin, je vais faire en sorte de ne jamais être seul, je vais demander à Hervé, le directeur des « Musiciens » de me fournir une voiture avec chauffeur et un garde du corps pour mes déplacements et samedi, adieu va... Tu es satisfaite !

Christine était dubitative...

- Tu es vraiment compliqué ! Tu trouves toujours des solutions extrêmes ! Mais tu as bien fait de ne pas aller voir Anne... Elle t'oubliera... Va à Londres, à Boston et reviens vite ! Quel est ton programme pour ce soir et la fin de la semaine ?

- Écoute, ce soir allons boire un verre aux « Musiciens » avec Hervé et le directeur de l'hôtel, s'il y a une surveillance, ils penseront que j'ai avancé mon arrivée, comme je serai bien

184

entouré, je ne risque rien... Pour demain, peux-tu me consacrer l'après-midi, je compte aller à Nice acheter un cadeau pour Anne ?

- Oui, mais en fin d'après-midi, par contre jeudi et vendredi, je serais assez occupée car je repasse la main à Laure.

- Pas de problème ! Jeudi je compte me baigner et si je ne suis pas trop crevé, j'inviterai Anita à dîner, pour vendredi même programme, et samedi : départ pour une contrée lointaine.

Cadeau pour Anne, dernière soirée avec Christine, mercredi 15 Septembre

Christine et Francis sont à Nice, avenue Jean Médecin, chez « Morabito », excellent joaillier, ses bijoux sont de véritables œuvres d'art. Ils y sont depuis trois quarts d'heure pour choisir un joyau pour Anne, ils ont éliminé les montres et les bagues. Christine s'arrête sur des bracelets en lapis-lazuli ou en jade :

- Regarde Francis, celui qui a des émeraudes vertes, Anne est brune, comme moi, cela lui ira bien !

- Oui, pourquoi pas, mais je ne suis pas très convaincu, continuons à chercher !

Christine propose :

- Et des boucles d'oreille ? La vendeuse revient avec un présentoir, il ne faut que quelques minutes à Christine pour trouver la plus belle paire :

- Regarde Francis, ces boucles magnifiques ! Chaque boucle est composée d'une petite corolle en diamants sur laquelle sont serties deux formes sphériques en or gris jaune, légèrement décalées. Ces boucles ressemblent à de grosses gouttes d'eau.

- Elles sont superbes, effectivement ! » Dit Francis. Christine se rapproche et lui dit :

- Tu as vu le prix ! C'est exorbitant ! Mais Francis s'est arrêté sur ce merveilleux bijou. La vendeuse proposa de faire un paquet cadeau, Christine l'arrête :

- Attendez ! Avez-vous une petite carte ou un bristol ? Francis, écris quelques mots tout de même !

- Calme-toi ! J'allais le faire ! Il écrivit, plia le message en deux et le glissa dans le couvercle du petit coffret. Pendant que la

186

vendeuse s'affairait, Francis demanda à Christine de poster impérativement le cadeau le lendemain matin et il lui proposa :

- Je connais un petit restaurant sur la corniche à Cagnes-sur-Mer, nous pourrons manger du poisson frais, les propriétaires sont pêcheurs, « chez Toine et Riri » c'est divin ! Je venais souvent avec ma mère, c'était une étape incontournable, ils ont une superbe terrasse, au calme, tu es d'accord ?

Christine accepta et ajouta :

- Après le dîner, si tu veux bien, nous irons boire un verre chez Susy Solidor, dans les Hauts de Cagnes, il y a de belles filles mais tu ne pourras pas toucher, juste regarder, seules les femmes le peuvent... Si l'envie s'en fait sentir...

Arrivés au restaurant, Francis retrouve une ardeur subite, il ne s'était pas senti aussi bien depuis bien longtemps... Il ne sait pas qu'il est sur la voie de la guérison, pourtant en dégustant un « Gosset » rosé, il apprécia et se prit à penser que ce délice de petites bulles microscopiques bourdonnait à ses oreilles et lui redonnait le goût de vivre. Il avait faim ! Mais il était trop tard...

La patronne arrivait pour prendre la commande. Christine est resplendissante, sa chevelure noire encadre son visage fin, ses yeux noirs abrités par de longs cils, brillent d'un éclat particulier...

- Mais Francis, je te sens méditatif !   Tu me regardes curieusement, exprime-toi !

Caché derrière ses lunettes noires, comme à son habitude, Francis la regarde intensément et se souvient qu'elle lui a toujours apporté l'affection et la sérénité qu'il n'a pas eues par ailleurs.

Avec Anne, c'est un rapport différent, les sentiments qu'il peut y avoir entre un homme et une femme ne peuvent être comparés à ceux d'une fratrie, même s'ils ont « fauté » dans un moment d'égarement, Christine n'en reste pas moins, à ses yeux, sa sœur de cœur. Anne représente son idéal féminin, la moitié qu'il a toujours recherchée et qu'il va perdre, malheureusement...

Il ne veut rien laisser paraître, ne pas se dévoiler, quelle tristesse ! Il a l'impression de sombrer dans la folie... Il se penche en arrière, il est pris d'un vertige, il voit Uranus dans sa notion d'infini... Le ciel et son immensité...

- Tu vas me manquer Christine... Anne, aussi bien sûr et Maxime, tes parents et mes amis, bientôt je serais seul en exil.

- Arrête Francis, tu es comme « l'Ange », tu sais, le tableau que ta mère a longtemps voulu acquérir, elle disait : « Francis est mon Ange, mon petit « Oiseau Bleu », à l'écoute de tous, plus attentif aux autres qu'à lui-même, triomphant mais si fragile »... On dirait que tu fuis le bonheur, que tu as peur de te laisser aller... C'est ta vie ! Tu devrais avoir un comportement tout autre, la félicité ne dépend que de toi ! Mais je te connais, tu es comme ça... Il n'y a rien à faire ! Cela fait vingt-sept ans que je te supporte et j'y suis tellement habituée que je ne voudrais pas que tu changes, c'est vrai... tu es toi, et je t'aime comme ça.

- Oui, je sais, je suis quelque peu compliqué, mais être heureux pour soi-même est le summum de l'égocentrisme, et moi je suis à la recherche de ce qui peut être le meilleur pour les gens que j'aime, c'est ma quête spirituelle. Je vis sans doute dans l'utopie mais aussi dans l'espérance et l'optimisme, et bientôt je pars, vous m'oublierez vite...

- Arrête Francis, tu vas m'attrister ! Pourtant tout à l'heure, j'ai vu une flamme dans ton regard, voilà bien longtemps que je ne l'avais vue ! Tu n'es pas éteint, c'est faux ! Tu peux encore illuminer tes jours si tu as la force de souffler sur les braises ! Ne laisse pas étouffer le feu qui brûle en toi ! Pars, mais reviens vite !

Chez « Toine et Riri », tout est frais, la pêche du jour est merveilleuse, Christine a choisi une omelette à la poutine, en entrée. Francis a préféré une poutine crue avec juste un filet d'huile d'olive et quelques gouttes de citron. En plat principal, ils se délecteront de rougets barbets, roses et frais. Les employés sont d'une extrême gentillesse, deux femmes, l'une en

188

salle, l'autre en cuisine. Toine, derrière le bar, bien bronzé et Riri, son pastis à la main. Il regarde ses clients qui sont souvent des amis. Ici, c'est un peu comme en famille, convivial et festif...

Christine a abusé du champagne et du rosé. Le mélange est détonant, son visage est rosâtre ce qui fait sourire Francis, ses maux de tête s'estompent (il pense que c'est uniquement dû aux remèdes qu'il prend), il est différent et ne s'en rend pas vraiment compte. L'addition réglée, ils partent en direction du palais Grimaldi.

Suzy est à l'entrée, elle embrasse Christine mais pas Francis. Ici les hommes sont tolérés à condition d'avoir une certaine classe et d'être généreux. Ils ne doivent pas se donner en spectacle, juste faire de la figuration. Ils ont le droit, voire l'obligation de sourire mais c'est tout, ils le savent et jouent le jeu. Tout le monde aime cette femme, ses anecdotes, ses rires et bien sûr ses chansons rétro. Elle prétend descendre de la lignée des Surcouf, de par son père, rien d'étonnant, vu son culot...

Plus de deux cents tableaux décorent son cabaret : des portraits d'elle, de Marie Laurencin à Picabia, de Foujita à Francis Bacon, de Cocteau à Tamara De Lempicka (qui a fait le plus beau portrait de « la Garçonne »). Elle ne chante plus « Lili Marlen » mais « les filles de Saint-Malo », la chanson de « la belle pirate », et quelquefois, à quatre heures du matin, en privé, avec des amies, elle revendique, encore et toujours sa bisexualité avec des textes sulfureux : « Obsession », « Ouvre », avec son physique androgyne, ses cheveux blonds coiffés comme un garçon, elle déclame des vers et avec «Escale », on garde en mémoire le tout premier : « Le ciel est bleu, la mer est verte »...

Sur scène, apparaît Frédérique, magnifique plante longiligne, le teint ocreux, yeux et cheveux bruns. Elle fait penser à une déesse romaine. Des actrices de cinéma : la Victorine est à côté. Gaby, Nicole, Céline et Sophie, la dominatrice, comédiennes, sont là pour nous faire rêver. Suzy passe de table en table ou elle boit de petites gorgées de champagne car elle se doit de

189

boire avec tous. Le champagne est souvent remplacé par du thé froid pour elle...

Francis est pâle, il a trop mangé et trop bu mais qu'importe, son orgueil le maintient, il ne veut pas qu'on sache qu'il se sent de nouveau en état de précarité. Christine est dolente, la nuit est douce, elle s'interroge : « dois-je en profiter pour lui dire que Frédéric est vraiment son fils ? Dois-je attendre ? » Elle est dans l'expectative... L'ambiance est favorable, cela peut l'y aider, elle est décidée...

Francis examine cette gente féminine, beaucoup sont très jeunes, d'autres plus âgées mais toutes ont un charme fou... Il se tourne vers Christine et elle en profite pour bloquer son regard :
- Francis, il faut que je te parle de Frédéric...
- Je t'écoute...

Mais Suzy s'écroule dans le fauteuil d'osier qui tourne le dos à la scène et proclame :
- Allez, un peu de détente et buvons à votre santé et à Valérie ! Christine rougit, elle ne pensait pas du tout à son amie, ce soir ! Elle a d'autres soucis en tête et se sent fautive...

« À Valérie » et se tournant vers Francis : « à Anne ». Francis lève alors sa coupe pour trinquer avec Suzy et Christine et récite les deux premiers vers de la Balade en novembre d'Anne Vanderlove :
« Qu'on me laisse à mes souvenirs,
Qu'on me laisse à mes amours mortes, »

- C'est encore une Anne qui a écrit ce texte, c'est le début d'une superbe chanson dont vous entendrez parler bientôt, je pense.

Suzy, comme à l'ordinaire, raconta une chronique de sa vie trépidante :
- J'étais en Egypte avec mon amie et un soir je téléphone à ma mère qui habite à Trousse-Chemise, dans l'île de Ré. Je lui

raconte la beauté des paysages, des lieux, des monuments, des musées et lui dis : « Ah ! Maman, si tu voyais cette femme d'une beauté ahurissante : la reine Néfertiti ! Elle est sublimissime ! Et ma mère, qui connaît mes mœurs dissolues, me répond : « Ah ! Non ! Tu ne me ramènes pas une « moukère » à la maison ! » Ce qui fit mourir de rire Christine !

Francis dit en partant :
- J'étais venu ici, un soir, il y a deux ans, avec José Luis de Villalonga boire un verre et j'avais déjà entendu cette anecdote. Elle doit être vraie et elle m'amuse toujours autant !

En quittant son établissement, Suzy leur avait dit :
- Dites-en du bien, dites-en du mal, mais parlez-en !...

Christine rentra à Juan par le bord de mer, Francis somnolait. Elle avait été interrompue et n'avait pu lui dire la vérité, elle lui dirait plus tard, à son retour, bientôt... La vérité n'est pas toujours bonne à dire mais cela peut quelque fois changer le cours d'une existence... Cela aurait pu être le cas ce jour-là... Arrivé à l'hôtel, Francis fut pris d'un coup de blues. Il allait embrasser Christine pour la dernière fois et ne pouvait rien lui dire...

Dernière soirée avec Anita, jeudi 16 septembre

Le Moulin d'Argent est en ruine, les toits des bâtiments ont totalement disparu, les murs se sont écroulés et des pierres ont roulé sur les pelouses, d'autres sont tombées dans l'étang... Des feuillages commencent à pousser à l'intérieur du moulin dévasté, toutes les autres maisons sont ravagées, des herbes folles, des lierres, des graminées recouvrent les pierres et les murs... Des arbres chargés de fruits apparaissent au loin, sont-ce des coings ou des pommes d'or du merveilleux jardin ? Des petites cascades ruissellent de l'étang recouvert de nénuphars noirs. Un berger rêve sur la montagne... une constellation, des moutons, des chèvres, des lapins, des couleuvres, des vipères, des aspics ? L'eau douce autrefois si désaltérante se faufile partout et Callirrhoé, « Déesse des sources », est assise sur un rocher :

L'eau contribue à faire revivre ce qui est arrêté ...

Les rêves et les cauchemars sont toujours en noir et blanc, loin de la beauté, proches de l'abstrait et de la mort, synonymes de la solitude... Francis se réveille en sursaut, il est moite, encore un cauchemar, il a mal aux yeux... Il n'arrive pas à dissiper le trouble qui le submerge, sa concentration est amenuisée, il aurait pu guérir mais le voilà replongeant dans les abysses de la dépression... Il n'est plus soutenu, les cauchemars augmentent, son sommeil est peuplé d'ombres maléfiques, sa respiration haletante. Il aurait dû diminuer les médicaments et arrêter le champagne... Il étouffe, une frayeur l'étreint, il broie du noir, sa tête bruisse confusément, la douleur est diffuse, il a mal aux reins, aux membres, dans l'abdomen... Son envie de se laisser aller le reprend... Il faut pourtant qu'il tienne, il ne reste que deux jours, deux jours entiers...

C'est le manque de ressources qui lui dicte ses choix, il est dans une impasse, personne n'y peut rien, ses amis ne sont pas auprès de lui. Maxime est très occupé et sans doute loin d'imaginer l'état dans lequel il se trouve... Il trompe Christine par fierté, par vanité, il est arrivé à lui donner le change, il a tenu bon, il a même souri ! Il a pourtant failli s'écrouler à plusieurs reprises et tout aurait été gâché, une ambulance, des calmants, une clinique, le plan était fichu...

Arrivé à la plage, le plagiste est en bas de l'escalier, ils échangent quelques mots puis Francis rejoint Anita et David au bord de l'eau, ils sont tristes, c'est la fin des vacances... Gérard va repartir sur Paris reprendre ses cours d'art dramatique, une autre carrière l'attend...

Francis s'envole samedi, Anita et son fils, dimanche, il a du mal à cacher sa tristesse et il ne veut pas être seul, ce soir... Ils vont aller dîner et seront seuls, Anita et lui. David sera parti avec des amis et leurs enfants.
- Je passerai vous prendre à vingt heures, à votre hôtel, j'ai une voiture avec chauffeur, ce soir, nous fêterons nos départs respectifs au « Bacon », au Cap d'Antibes.

En se levant pour se diriger vers son matelas, il croisa un client de la plage « Richelieu ». Seule, une petite barrière en bois de cinquante centimètres de hauteur les séparait, il sut instinctivement que c'était l'un des malfrats tant appréhendés... Celui-ci avait la tête d'un client à qui on réclame une pièce d'identité même quand il paie en liquide....Ce dernier détourna son regard et se dirigea vers sa couche située juste à côté de la caisse du plagiste, en bas du seul escalier desservant les deux plages privées.

De cet endroit, il voyait tous les clients arriver. L'individu, grand, sec et le front dégarni alla rejoindre son acolyte : petit, râblé, le teint mat et les cheveux noir corbeau. Tous les deux avaient un bronzage synthétique, les lampes des boites de nuit qu'ils fréquentaient sans doute ! Leurs shorts démodés détonaient dans ce lieu où même les maillots de bain sont du dernier cri, mais c'était la fin de la saison, peu de gens auraient pu s'en étonner.

Francis s'allongea, ils étaient à l'affût mais les deux gardes du corps envoyés par le directeur de l'hôtel allaient arriver, ils allaient faire grise mine ! Aldo s'approcha, décontracté, il plaisanta avec Gérard, le plagiste :

- Alors, cher prolétaire ! Toujours à la tâche ? Bientôt à la « Rhumerie » à Saint-Germain des Prés, place du Tertre « Chez ma cousine » et « Chez Patachou », notre maîtresse à tous !

- Arrête, Zoomer ! Tu ne fonctionnes qu'avec le majeur pour activer un petit bouton érectile situé au-dessus de ton appareil photo ! Lourde tâche ! Tu dois être fatigué à la fin de ta saison !...

- Adieu Gérard, je pars rejoindre ma chaumière et ma dulcinée, dans le plus beau pays du monde ! Ma mère va me préparer de bons petits plats plus goûteux que ceux de « Chez Germaine » ! Il alla serrer la main de Francis, celui-ci lui donna toutes les précisions utiles :

- Aldo, ils sont deux, vraisemblablement un Français et un Maghrébin, sur deux matelas, derrière la caisse, « Richelieu Plage », à l'angle. Ne les perdez pas de vue. À demain, au « Provençal ».

Vers 18 h 30, deux employés des « Musiciens » arrivèrent, le plagiste les fit asseoir sur la terrasse, à deux pas des « exécuteurs » et Francis les rejoignit. Le chauffeur était jeune et hâlé, d'origine italienne, sans aucun doute, ils s'étaient croisés, le mardi soir. Par contre, le second avait tout d'un policier ou d'un militaire, il était sûrement armé, pas très grand, musclé, la quarantaine, il ne quittait pas ses lunettes de soleil.

Francis donna les consignes :

- J'ai besoin de vous ce soir, disons jusqu'à une heure du matin, demain soir je rappelle de l'hôtel si j'ai encore besoin de vous, samedi, je prends l'avion mais une amie vient me chercher, je ne vous importunerai pas.

194

- Nous sommes heureux d'être à votre service, Monsieur, répondit le plus jeune.
- Bien ! Merci, nous allons passer à mon hôtel, vous m'attendrez au bar.

Les deux malfaiteurs avaient tout enregistré, il fallait encore attendre.

Anita et Francis étaient à l'arrière de la Chevrolet, le garde du corps à côté du chauffeur, Francis avait expliqué à son invitée :
- Des amis vont nous poser au restaurant, ils reviendront vers onze heures, nous chercher, je ne me sens pas en état de conduire.

Aucune voiture ne les avait suivis. Anita était resplendissante dans une robe de soie noire, parsemée de fils d'argent, une ceinture rouge et des escarpins rayés complétaient sa superbe tenue. Elle était maquillée comme une star de cinéma, un fard léger, un rimmel qui augmentait le volume de ses cils, un parfum de chez Balmain, un vernis à ongle et un rouge à lèvres rouges carmin, une jolie montre en or et des pendants d'oreilles en diamant. Tous les convives du « Bacon » se retournèrent sur elle.

Ils trinquèrent à la fin de l'été, ils choisirent deux entrées légères et deux langoustes grillées au beurre blanc. Les crustacés leur avaient été présentés vivants, dans quelques minutes ils seraient coupés en deux, et émettraient un petit râle bref : le fameux cri de la langouste...

La vue était idyllique, la mer et au loin les remparts imposants du vieil Antibes. Anita était subjuguée, cela avait un goût de paradis, Francis se rapprochait... Ils discutèrent des années 60, de « la Dolce Vita », primée au festival de Cannes (Fellini pensait que le film serait un navet), ils avaient plaisanté sur le fourmillement des « yéyés » qui envahissaient les salles et les écrans. A la fin du repas, Francis eut une pensée pour sa mère, et aux bons moments qu'ils avaient passés dans la région.

195

Anita admirait les remparts et il se rappela :

- Ma mère fit connaître Antibes à Nicolas de Staël qui s'y installât définitivement en 1954 pour finalement se suicider en se jetant du haut des fortifications l'année suivante, il n'avait que quarante-deux ans...

- Pour une femme, évidemment, comment peut-il en être autrement...

- Non ! Pas du tout, c'était un être fragile que la passion dévore quelques temps et après...

Ils terminèrent la soirée au bar des « Musiciens » mais Francis avait le spleen et Anita le sentait, l'intuition féminine sans doute, ils avaient peu parlé d'Anne car il n'avait cessé de dévier la conversation. Vers une heure du matin, il proposa de la raccompagner à son hôtel, les deux « amis » les entourèrent pour rejoindre la voiture, en terrasse les deux compères les regardaient passer en rongeant leur frein...

En se démaquillant Anita Joassen repensa à cette soirée, pendant environ deux heures Francis avait été parfait, le dîner avait été excellent, le service soigné et le champagne divin.

Elle eut du mal à trouver le sommeil, elle était contrariée et comme toujours dans ces moments-là, elle avait mal à l'estomac... C'était nerveux, ou alors elle avait trop bu... Mais un mal insidieux, indéterminé et inconnu même, la tenaillait. Son ami Francis avait eu un regard trop profond, trop sombre malgré ses yeux clairs... Bien sûr, il partait samedi pour l'Amérique mais il paraissait si lointain, déjà, détaché de tout, il planait... Sur quel nuage ? Malgré son humour habituel et son sourire permanent, la gaîté n'y était pas, il n'était plus le même... Sa décontraction lui avait semblé être factice, son naturel ne l'était plus, elle pensa : « il m'oublie déjà, il est ailleurs... ».

Arrivé à son hôtel, Francis s'allongea sur une chaise longue de la terrasse, le ciel était clair d'une coloration légère et aérée. Demain, il quittera le monde réel pour un monde imaginaire, le plus beau sûrement : est beau ce qui procède d'une nécessité impérieuse de l'âme, partir d'un monde où le rêve permet d'exister, mais aucun rêve n'est vrai !... Il aurait voulu réconcilier l'imaginaire et le réel, l'intelligence et la sensibilité... mais il avait échoué.

Il contemple cette nuit de fin d'été, les papillons blancs qui virevoltent autour des réverbères en se brûlant les ailes, les arbres et la verdure qui cachent un horizon bleuté, ce ciel où la lumière est diffuse et laisse apparaître des ombres claires, ce ciel où les nuages se suivent et se bousculent.

Il ferme les yeux et revoit Anne avec la sensibilité de l'amour dans ce qu'il a de plus pur. La dualité de l'esprit, l'éveil lié au plaisir esthétique et la joie d'aimer font ressortir la beauté terrestre du plaisir sensuel.

Ensemble ils ne faisaient plus qu'un, de leurs corps entrelacés émanaient comme un fluide magnétique, leurs vêtements avaient disparus bien que les dessous légers et vaporeux apportent une vision sensuelle, la langueur et le charme fascinant du corps de l'autre sont une source de sérénité dans la relation amoureuse.

L'amour parfait n'existe pas, mais l'amour passion suffit parfois à brûler une vie : pourtant les éclairs qu'il procure, les étoiles de soleil qui apparaissent dans les yeux de l'autre sont des moments magiques.

La petite musique a des notes tirées d'un luth, d'une flûte, d'une contrebasse, à la fin de la partition ce sont les cymbales qui se déchaînent avant les soupirs, et le calme qui règle le rythme de la symphonie. Il ouvre les yeux pour ne pas voir la démence qui le ronge, ni le mépris de soi qui l'obsède.

Départ pour une contrée lointaine, vendredi 17 septembre

A midi trente, ce vendredi, Aldo était déjà là, Francis et lui s'installèrent sur la terrasse et Aldo présenta les photos prises la veille au soir, Francis en déchira plusieurs pour n'en garder que trois : une des deux voyous attablés devant un verre de rosé, une de leur véhicule avec la plaque d'immatriculation et une de l'hôtel où ils résident. Il les glisse dans une grande enveloppe et signale à Aldo :

- Voyez, c'est tout simple, vous rajoutez trois ou quatre clichés maximum au-dessus de celles-ci, vous fermez et vous portez le tout, à Nice, à l'adresse que je vous demande de libeller vous-même et ensuite vous passerez la frontière. Aldo fit ce que Francis lui demandait :

- Vous ne souhaitez pas que je garde des doubles et que je vous les amène à l'hôtel ?

- Non, Aldo, c'est inutile. Nous nous quittons maintenant, et définitivement, je vous remercie de respecter notre accord, voici l'argent, il y a des lires et des dollars, comptez.

- Monsieur Francis, vous plaisantez ! Je vous fais confiance ! Vous ne voulez pas m'en dire plus...

- Moins vous en saurez, mieux cela sera pour vous ! Au revoir Aldo, merci encore et changez de look, mettez une casquette et des lunettes, par exemple...

Ils se dirent adieu et Aldo quitta l'hôtel après avoir glissé l'enveloppe sous sa chemise, pour lui, c'était la meilleure saison depuis de nombreuses années. Francis, sur la terrasse, faisait son analyse, son testament spirituel. Non, il n'était pas un béotien incontrôlable, mais c'est vrai qu'il avait voulu changer des choses, avec la création des pianos-bars, par exemple.

Sa vie turbulente était à l'encontre de celle de ses parents, depuis la mort de sa mère, il avait vécu comme un astéroïde, une femme brune à son bras le lundi, une blonde le mardi, une coupe de champagne dans une main, une cigarette dans l'autre... Jusqu'à sa rencontre fortuite avec Anne... Il fit son autocritique : j'ai toujours été fougueux, difficile à cerner mais je ne suis ni mauvais, ni agressif ou néfaste, je n'ai jamais cherché à nuire... Au contraire, j'ai toujours aidé mes amis, j'ai beaucoup donné, toujours partagé, j'ai agit comme un panier percé.

Oui mais à vouloir être le premier, le plus fort, à essayer (essayer seulement) d'être le meilleur ou d'être supérieur aux autres, voilà où cela mène... Voguer entre la réussite et l'échec, au lycée, à l'armée, même avec les femmes.

Se dépasser, paraître sûr de soi, cacher cette ambiguïté qui stresse immanquablement, rêver d'être porté aux nues sans tenir compte des vents contraires. Oublier les arcanes qui vont à l'encontre de la réalité, ne pas tenir compte de la complexité vitale de l'homme, c'est forcément en arriver à la déception la plus amère...

Un parcours juché d'embûches, un but, toujours le même qui fait qu'on ne peut vivre éternellement de songes erronés... Alors on se retrouve dans l'abstraction, le doute, l'insatisfaction, le mépris du concret et on plonge dans le désespoir le plus total... On sait à l'avance si l'on ne peut être heureux mais on feint de l'ignorer.

La prétention, l'arrogance, la désinvolture, l'impertinence amènent au bout du tunnel. Il aurait fallu prendre une autre route, pourquoi marcher sur le trottoir de droite quand on peut marcher sur celui d'en face ? Tout cela pour arriver, sans doute, plus vite au bout du chemin. Evidemment on peut se trouver des excuses, se dire que le trottoir de droite était ensoleillé et celui de gauche ombragé... Quelle est la bonne décision ? Nul ne le sait ?... Sommes-nous vraiment ceux qui décident de nos vies? Qui nous attend à la fin de nos routes ? Personne... Il faut savoir voler pour atteindre le mont inaccessible ! Ta statue du bonheur ne sera jamais édifiée...

Francis se lève, il est pressé, pressé d'en finir, aujourd'hui, alors qu'il pourrait attendre le lendemain matin ou midi, l'avion décolle à dix-neuf heures... Il y aura un passager en moins, cela fera un heureux dans la liste d'attente... Il quitte l'hôtel, sans rien ranger, Christine, Maxime... Personne ne doit se douter, il a promis juré... Je suis la plaie et le couteau, la victime et le bourreau !

Il s'apaise, déjà absent, il est affligé mais regretter ne servirait à rien, il est trop tard... Pour lui ce n'est pas un jour comme les autres... Il marche lentement, regarde autour de lui et s'étonne : comment a-t-il pu ne pas remarquer cette allée d'oléandres aux pieds des oliviers, et ce seringa, ces chèvrefeuilles blancs courant sur les murs, et cette plante, reine de la nuit (reine de la nuit ou sélène, déesse Grecque de la lune), dont la fleur met une heure à s'ouvrir tous les soirs et meurt chaque matin ?...

Il traverse la rue qui sépare l'hôtel du square avec un couple d'américains et leurs deux enfants suivis de près par un des deux chaouchs qui tient une canne en main, Francis l'ignore, ne le regarde pas, ne se retourne pas...

Il s'arrête pour jeter un coup d'œil à une partie de boules à tiroirs, il est entouré de spectateurs. Un riche commerçant parisien est associé avec un autochtone, la mise est de trois cents francs, il gagne, son partenaire à une chance folle aujourd'hui, demain ou après-demain, la partie pourra monter à deux mille, ou cinq mille francs... mais la chance ne sera plus au rendez-vous, il faut savoir perdre pour gagner...

Arrivé devant la plage, Francis regarde les derniers vacanciers, les deux jeunes femmes sont toujours derrière leurs parasols, exhibant leurs seins nus. Aldo est là, à deux cents mètres, portant un chapeau et des lunettes noires, un appareil photo pendu à son cou.

200

Francis rejoint sa cabine avec Gérard, les deux crapules le suivent des yeux... Ils gesticulent, ils sont nerveux, il reste peu de temps. Quand vont-ils intervenir ? Il est presque seize heures ! Il sort, il ne porte qu'un maillot de bain noir, il n'a ni lunettes, ni montre, ni bague, il est seul, presque nu.... Il part le long de la plage suivi par les deux olibrius, sachant qu'ils n'interviendront pas à cet endroit, il y a toujours des enfants qui courent, des gens qui se lèvent...

Fatigué, épuisé même, il retourne à la plage, monte sur le ponton et aperçoit derrière lui deux ombres qui se projettent sur le sable, il fait volte-face, voit Aldo qui se déplace, il est à gauche, vers les rochers, Francis est debout et fait face à la mer.

Le soleil brille encore plus qu'à l'accoutumée, la mer est d'un bleu pur, sombre, profond. Les comprimés qu'il a pris avant de quitter sa chambre commencent à faire effet, ses yeux papillotent, une lassitude l'atteint, il comprend qu'il faut faire vite, il se jette à l'eau, se retourne et aperçoit les deux individus, en maillot, sur le sable, il les voit hésiter et il pense :
- Qu'est-ce qu'ils font ? Dépêchez-vous, je ne vais pas tenir longtemps ! Je vais couler et Christine ne croira jamais à un accident... Il commence à prendre peur... Peut-être ne savent-ils pas nager ?

Tout à coup, il les voit se décider, faire un signe au plagiste et partir dans un pédalo. Aldo passe de rocher en rocher pour se rapprocher, Francis nage tant bien que mal dans sa direction, le pédalo se rapproche ... Il est temps, une crampe le saisit, il a du mal à se mouvoir dans l'eau, ils sont à un mètre, il n'y a personne dans l'eau à cette heure-ci.

L'embarcation se trouve entre les rochers et Francis, Aldo ne pourra pas remplir sa mission. Francis rassemble les dernières forces qui lui restent pour plonger et passer sous le pédalo, il ressort face à l'objectif, un des deux bandits en profite pour lui appuyer la tête sous l'eau...

Aldo est terrifié mais agit, il comprend qu'il a affaire à une tentative d'assassinat en direct, Francis coule à pic... Il ressurgit un mètre plus loin, avec dans la bouche le goût de sa douleur, acre et salé.

Le même personnage le rejoint, se penche et réitère la manœuvre. Cette fois-ci il appuie de ses deux mains sur la tête de Francis, qui parvient à ressurgir mais ses yeux le brûlent, il les ferme avant d'avaler un grand bol d'air une dernière fois, le visage d'Anne lui apparaît... Il se dit que c'est la fin, son passage sur terre aura été de courte durée, il disparaît, noyé dans le regard de la femme qu'il a tant aimé... Le noir a remplacé la lumière du jour, encore plus triste que la nuit.

Des oiseaux s'envolent au loin, un oiseau bleu disparaît derrière un nuage, le phénix, symbole de l'immortalité en Egypte, est peut-être l'un d'eux... Le premier, sûrement, celui qui ressemble à un héron pourpré ira directement à Héliopolis pour renaître, éclairé par les rayons ardents du soleil dans toute sa splendeur. Comme lui, il naît à l'aurore et meurt au crépuscule...

Aldo a développé ses photos avec des gestes mécaniques, il se répète intérieurement : il savait, il en était sûr ... Pourquoi ? Mais pourquoi ? Il a choisi quelques photos très significatives qu'il a glissées dans la fameuse enveloppe, ses valises étaient prêtes et il est maintenant à la hauteur de la Siesta, sur le bord de mer. Il roule en direction de Nice, puis, au plus vite il rejoindra la frontière, passera en Italie, et essaiera comme il le pourra (s'il le peut) d'oublier cet après-midi funeste et dramatique...

Sa décision est prise, il ne reviendra jamais à Juan, car le déroulement de ce mauvais film risque de lui revenir inlassablement, d'autant plus s'il est sur les lieux... Le commissaire ouvre l'enveloppe et découvre les photos, il voit immédiatement que c'est un professionnel qui les a prises, il étale les quatre dernières sur son bureau. C'est saisissant, bien que les poses soient figées, on dirait une scène de film au ralenti ... Un mot bref accompagne les épreuves, écrit en majuscules, au stylo à bille.... Au vu de l'orthographe, il s'étonne :

MONSIEUR LE COMMISSAIRE,

MON AMI FRANCIS DELUGNY M'AVAIT FAIT PART DE SES CRAINTES, DEPUIS DEUX JOURS, DEUX HOMMES LE SUIVAIENT, IL AVAIT PEUR D'ETRE AGRESSE... C'EST LA RAISON POUR LAQUELLE IL M'AVAIT DONNE VOS COORDONNEES ET M'AVAIT DEMANDE DE SURVEILLER LES DEUX INDIVIDUS AFIN QUE JE PUISSE VOUS DONNER LES PREUVES DE LEUR FORFAIT. PAR HASARD, AUJOURD'HUI, J'AI PU, DE LOIN, PHOTOGRAPHIER TOUTE LA SCENE ET N'AI MALHEUREUSEMENT PAS PU INTERVENIR... J'AI SUIVI ENSUITE LES DEUX CRIMINELS, VOUS AVEZ DONC TOUTES LES PREUVES POUR AGIR. EN CE QUI ME CONCERNE, JE NE SOUHAITE PAS TEMOIGNER, JE QUITTE LA FRANCE   LE PLUS VITE POSSIBLE. MERCI D'AVANCE DE FAIRE EN SORTE QUE CES ASSASSINS SOIENT PUNIS.

Pas de signature, aucun élément qui puisse faire savoir aux enquêteurs qui a écrit cette lettre. Aucune indication de lieu, c'est sans doute la Garoupe, pense le commissaire. Il prend son téléphone et appelle le procureur. La machine judiciaire est en marche. Les deux scélérats avaient été agréablement surpris de la facilité avec laquelle ils avaient pu remplir leur contrat, mais, l'un des deux, méfiant (ignorant l'état de faiblesse de Francis), avait demandé à longer les rochers de peur que leur cible leur ait joué un tour. Mais après une demi-heure de recherches, ils étaient revenus sur la plage, puis s'étaient postés dans le square pour scruter l'horizon... Pas de trace du « client », il avait bel et bien disparu...

Les lueurs orangées du soleil couchant se mirent dans l'eau et tombent tout droit sur le ponton. Les exécuteurs rejoignent leur voiture et se mettent à la recherche d'une cabine téléphonique pour rendre compte... Le contrat est rempli...

Triste journée, samedi 18 septembre

Le soleil est magnifique quand il se lève, Anita est sur son balcon, il est tôt et David dort encore. Elle regarde le ciel, il n'y a pas un seul nuage à l'horizon. Il n'y a pas de mot pour dépeindre la beauté de ce paysage qui, chaque matin se renouvelle dans son éclat, l'atmosphère reflète la limpidité de l'air. Elle a ses lunettes de soleil et se prend à rêver qu'elle se trouve sur l'Olympe mais elle n'est pas l'une des six Déesses qui accompagnent les six Dieux... égalité des sexes ! Qui va tuer le dragon aux cent têtes qui garde le jardin des Hespérides ! Non, elle n'est pas une nymphe qui ravit les pommes d'or de la sagesse... Le soleil provoque quelquefois des hallucinations...

> *« C'est comme une aile de condor,*
> *Ça nous pénètre et nous endort »*

Son fils se réveille, Anita redescend sur terre, c'est le dernier jour, son mari arrive par avion en fin de matinée, demain c'est le départ, il faut profiter au maximum de la plage, aujourd'hui... Le plagiste a disposé les matelas, les chaises longues et les parasols rouges et jaunes. Les allées sont tamisées, c'est un véritable décor de carte postale. Comme d'habitude, Gérard lui apporte son café, c'est un rituel. Anita s'inquiète :
- Je n'ai pas vu mon ami Francis hier, et vous ?
- Il est venu en fin d'après-midi, il s'est baigné mais je ne l'ai pas revu...

David part jouer avec sa pelle et son râteau au bord de la mer, près du ponton. Sa mère est déjà en train de profiter des derniers rayons du soleil, bercée par le bruit des vagues qui s'échouent à ses pieds, sur le sable. Tout à coup, l'enfant revient en courant, il a l'air choqué :

- Maman, maman, Francis est là, il dort dans l'eau ! Anita, brusquement se lève et reste tétanisée, elle regarde vers le ponton et son éducation religieuse prenant le dessus, elle se met à prier tout haut :
- Mon Dieu, Jésus, Marie, Joseph ! Prions pour lui !

Il y a beaucoup de monde sur la terrasse du square Gould qui scrute la plage, les secours, les policiers ont ameuté une foule variée : des boulistes, des promeneurs, des clients des autres plages, des femmes tenant leurs enfants par la main. Tous sont là pour assister au spectacle, mais ce n'est pas un spectacle... Christine arrive, les pompiers ont déjà emporté le corps dans le véhicule, elle est livide, a de la peine à tenir debout, elle ne comprend pas... Dans la cabine de Francis, elle a trouvé ses vêtements, sa montre, sa chevalière, ses lunettes noires et son portefeuille, pas un mot...

Elle doute... Pourtant le plagiste est formel ! Il n'a rien remarqué de particulier, hier après-midi... Le commissaire Petrazzinni arrive, mis au courant par le plagiste, il annonce à Christine que les assassins ont été arrêtés très tôt ce matin, grâce à des photos prises par un professionnel, sans aucun doute. Christine et Gérard ont le même réflexe :
- Mais c'est Aldo !
- Aldo, quel Aldo ?
- Aldo ! On ne connaît pas son patronyme, tout le monde ne l'appelle que par son prénom, il est italien, il a fait ses adieux jeudi, il est reparti au pays.
- Vous ne connaissez pas son adresse précise ? demande le commissaire.
- Je sais qu'il habite près de Naples, il vient à Juan de mai à septembre, il loge chez l'habitant. L'officier de police a compris, il n'est pas déclaré donc il est pratiquement impossible de le retrouver... Les photos sont, heureusement, des preuves incontestables.

Maxime est en route, il sera là ce soir. Christine effondrée doit appeler ses parents, la famille de Francis, Valérie, les amis... Quelle lourde tâche...

Premier jour de l'automne, adieu de Francis, lundi 20 Septembre

L'automne s'installe, les couleurs pourpre, marron et jaune indiquent son arrivée... Ses fragrances sont celles de l'humus, des champignons des prés et des bois, il pleut et le ciel est gris de nuages lourds et majestueux. Anne vient de déposer ses filles à l'école, Richard vient de partir en Allemagne pour plusieurs jours, elle est seule et triste... Francis devrait être arrivé et Chantal a, bien entendu, fait part de son message, il ne viendra pas... Cependant Anne doute, Chantal est défaitiste, elle ne croit pas à l'amour de Francis pour Anne, elle lui a donné son avis :

- Les hommes sont futiles, inconséquents... Tu vas regretter de le porter au Pinacle ! Ton Francis n'est pas différent des autres ! Il n'est pas veule c'est vrai, mais il est suffisant, prétentieux et vaniteux, c'est un homme quoi !

- Tu te trompes, il est doux et généreux et tu peux me dire quoi que ce soit, je l'aime ! Et Richard, lui aussi m'aime et n'a pas du tout les défauts que tu viens de citer ! Chantal répondit, du tac au tac :

- Mais Richard n'est pas un homme, c'est un mari !

Elles s'étaient vues tôt le vendredi matin, Chantal était venue lui annoncer la mauvaise nouvelle et depuis trois jours, Anne était au plus mal ... Heureusement, elle avait été débordée : elle avait du préparer la valise de Richard, la rentrée des classes des filles, les repas et pour couronner le tout, sa mère s'était imposée samedi et dimanche, pour l'aider, avait-elle dit Elle était harassée physiquement et moralement, pourquoi Francis ne pouvait-il pas venir, précisément cette semaine?...

Elle se retrouvait seule, elle avait rêvé de ces quelques jours avec lui, c'eut été merveilleux... Samedi, en début d'après-midi, dans le brouhaha causé par ses filles et sa mère, en pleine effervescence, elle avait eu un vertige et était partie s'allonger dans sa chambre et le malaise avait rapidement disparu... Pourtant cet étourdissement lui laissait des doutes... elle avait eu ce week-end des envies particulières. Le dimanche, Josiane avait appelé, elle pleurait tant, qu'elle ne pouvait s'exprimer !

- Encore un chagrin d'amour, la pauvre !

Arrivée à la poste, dès l'ouverture, elle n'attendit pas longtemps. C'était le même préposé, adipeux, qui lui adressa son regard libidineux, elle lui tendit sa carte d'identité en lui disant :

- Bonjour, Je viens chercher une lettre en poste restante, s'il vous plait. Elle avait rougi en faisant sa demande, il prit la carte et lui répondit rapidement, un sourire pâteux au coin des lèvres :

- Vous n'avez pas de lettre !

Elle paniqua, ce n'est pas possible, se disait-elle !

- Vous n'avez pas de lettre mais un petit colis dit l'homme, content de son effet...

Elle était mal et après avoir signé le reçu, elle quitta l'établissement public précipitamment et monta dans sa voiture. Elle ouvrit le paquet et fut étonnamment surprise, c'était un magnifique cadeau provenant de chez un grand bijoutier ! Dès l'ouverture elle fut subjuguée par le scintillement des pierres, elle souleva l'une des boucles et admira les gouttes d'or qui sublimaient la parure. Elle était statufiée ! C'était un présent de Francis, pourquoi cette offrande ! Un cadeau d'adieu ? Pas un mot, pas une lettre... elle se met à pleurer et se dit : « Chantal a raison ! Sur tout ! » L'orage éclate, la pluie tombe drue, les éclairs illuminent le ciel et le visage d'Anne, pétrifiée dans sa voiture...

Sa lucidité lui ouvre les horizons de la vérité, un mystère entourait Francis depuis son accident, mais quelle énigme cachait-il ? La lumière vient d'en haut, elle se redresse sur son siège, son regard est moins trouble mais il est vide, elle se sent pathétique et désespérée. Le soleil est maintenant caché par de sombres nuages, un petit vent se lève, la pluie bienfaisante apporte comme une délivrance, il fait cependant lourd et elle se sent oppressée... Le bruit des gouttes sur le toit de son véhicule réveille ses sens, bien qu'immobile, les yeux grands ouverts, elle fixe un oiseau sur la branche d'un arbre de la place et elle se dit : ce n'est pas l'Oiseau Bleu. C'est « le Chardonneret » de Fabritius... Va-t-il chanter, s'envoler ? Non, pour Anne, il est immobile pour l'éternité, comme sur le tableau...

Elle tient l'écrin dans sa main gauche, d'un geste lent elle lève encore une fois le couvercle pour contempler les deux magnifiques pendants d'oreilles... L'ouverture de sa main a fait pencher le coffret en arrière, elle découvre alors le bristol plié en deux...Elle le saisit, fébrile... C'est bien l'écriture de Francis ! Elle pâlit en le lisant, son front touche le volant de sa voiture, elle est inanimée... Le mot est bref :

Damilou

Je ne peux venir, tu voudras bien me pardonner... Je n'oublierai jamais ces six mois de bonheur intense avec toi. Tu as illuminé mes jours et mes nuits... Je continuerai à vivre à travers toi, ton regard me suivra partout et pour l'éternité. Ce cadeau est à l'image de mon amertume et de ma désespérance car ces gouttes d'or ont la forme terrestre des larmes du soleil...

Francis, le 15 septembre.